KB235458

도시괴담

도시괴담연구회 엮음
21세기, 도심을 떠도는 66편의 무서운 이야기
도시괴담
딱정벌레

어둠 속에, 그것이…

　‘괴담怪談’이란 글자 그대로, 초자연적, 초현실적이어서 듣는 사람에게 공포감을 불러일으키는 이야기다.

　괴담은 인간의 무의식 속의 공포심, 두려움을 자극한다. 괴담을 읽고 있노라면 이런 일이 현실적으로 일어날 리가 없다고 생각하면서도 왠지 모르게 오싹하는 느낌, 으스스한 기분이 되는 것이다. 인간은 우리가 갖고 있는 상식이나 현재의 과학적 지식으로 설명할 수 없는 현상이나 존재에 대해 두려움을 느끼는 존재이기 때문이다. 즉, 알 수 없음, 설명할 수 없음이 두려움을 느끼게 하는 것이다.

　가까이는 구미호나 소복입은 귀신 등 우리나라 특유의 고전 괴담에서 멀리는 드라큘라, 늑대인간 등 서구 괴담까지 다양한 형태로 괴담은 늘 우리 곁에 존재해 왔다. 해마다 여름이 되면 TV프로그램에도 〈전설의 고향〉이나 실화나 가상의 공포괴담 프로그램이 만들어지는 등, 괴담은 여전히 현대인의 흥미를 자극하는 소재이다.

도시화가 진행됨에 따라 괴담도 진화했다. 어린 시절, 무더운 여름날 밤에 모깃불 피워놓고 둘러앉아 할머니가 들려주시던 무서운 귀신 이야기는 이제 추억의 이야기일 뿐이다. 이제 귀신은 이제 더 이상 시골의 흉가, 캄캄한 산길에서만 마주칠 수 있는 존재가 아니다. 캄캄한 산속의 외딴집이나 무덤가에 홀연히 서 있는 소복입은 여인에서 컴퓨터 화면에 뜨는 일그러진 귀신 얼굴로, 귀신의 형태는 바뀌었다.

그러나 무료한 일상 속에서 문득 겪는 한 순간의 소름끼치는 경험에 대한 공포와 두려움은 현대인에게도 여전할 것이다. 첨단 인텔리전트 빌딩 안 사무실에서 문득 홀로 작동하는 컴퓨터와 프린터, 친구와의 통화중 핸드폰에 우연히 섞여드는 이상한 잡음, 디지털 카메라에 찍힌 설명할 수 없는 존재…. 시간과 장소, 소재를 바꾸어가며 괴담은 여전히 우리 곁에 공존하고 있다. 상상하는 것만으로 오싹해지는 현대문명 속의 공포, 도시괴담을 즐겨보자.

여기 모은 66가지 괴담은 실제로 주변 사람들이 겪은 체험담, 사람들 사이에서 입에서 입으로 전해지는 무서운 이야기, 그리고 괴담집이나 인터넷 상에 떠도는 무서운 이야기를 채집하여 재구성한 것이다. 무더운 여름을 조금이라도 식힐 수 있는, 가벼운 납량용 책을 만들어보면 어떨까 하는 생각에서 출발했고, 현대인의 주된 생활공간이 역시 시골보다는 도심인만큼, 도시의 공포를 다루기로 했다.

도시괴담을 중심으로 엮은 만큼 컴퓨터, 핸드폰, 디지털 카메라 등 현대인들이 일상적으로 사용하는 전자기기나 아파트, 빌딩과 학교 등 일상적 노동과 휴식 공간, 그리고 자가용, 지하철, 택시 등 일상적인 이동수단 등으로 장을 나누었다. 또, 아무 페이지나 펼쳐서 읽어도 되도록 구성은 병렬식으로 했고, 지나치게 황당한 전개나 잔혹한 묘사는 되도록 피했다.

유난히 무더위가 일찍 시작된 올해 여름, 이 책이 찜통 더위의 짜증과 불쾌감을 날려버리는데 조금이라도 도움이 되었으면 한다.

2004년 7월

엮은이

차례

5   책머리에 - 어둠 속에, 그것이…

13   핸드폰, 컴퓨터, 그리고 디지털 카메라

최신형을 탐하지 말라? 15

부재중 전화 19

언니, 어두워… 무서워… 21

세 친구, 엇갈린 운명 24

바닷속으로 26

우린, 죽어서도 친구! 28

사자死者로부터 온 이메일 31

손님 36

누구야, 따라부르는 놈? 38

세리야, 이리오렴 41

TV가 끝난 후 44

Tip1 빨간 마스크의 비밀과 거짓말 46

한밤중, 텅 빈 사무실 48

되살아나는 화면 보호기 51

할머니, 퇴원 축하 드려요 53

이리 오렴, 이리 와 56

저 여자, 전화 진짜 오래 하네 59

지하철에서 전화하지 마라? 62

통화 중 잡음 67

아저씨, 안녕하세요? 70

73 학교, 자동차, 그리고 엘리베이터

소녀의 조각상 75

엘리제를 위하여 78

1등 축하해 83

죽었으면 좋았을 것을… 87

꼬마야, 서 있으면 안 된다 89

Tip2 저주 받은 자동차? 92

동승자 94

앞자리의 하얀 팔 96

쟤는 왜 빼? 99

삼풍백화점 쇼핑백 102

다시, 스승의 날이에요 105

2차 방정식 108

거기서는 웃지 마라? 111

도서관 4층, 4층, 4층 113

눈 감지 마라? 118

중고차 사지 마라? 120

앞차 지붕 위의 여자 122

한밤의 해부실습실 124

기숙사에서 생긴 일 127

Tip.3 분신사바 하는 법 130

녹색 승용차의 비밀 132

옆에서 내가 달리고 있다! 135

맨 마지막 칸은 '사용금지' 139

비둘기 소리? 142

145 아파트, 빌딩, 그리고 백화점

불 켜지 마라 147

침대에서 내려가! 150

방안의 온기 153

엄마, 팔 치워 155

입원실 4층 창문 곁은… 157

에스컬레이터의 검은 귀부인 162
거울 속, 불길한 그림자 164
Tip4 9·11 테러 괴담 169
너무 길었던 숨바꼭질 170
13층, 그 집 174
옆집이 조용해 176
살려줘, 여보! 181
쿵! 쿵! 쿵! 184
한없이 길었던 복도 188
아빠, 저기 계시잖아 191
옥상에 뭔가 있다 194
도대체, 어디 갔었니? 197
그네 타는 아이 200
그 방에서 자면… 203
횡단보도 앞에서 205
춤추는 실루엣 207
Tip5 김해공항 괴담 210
눈을 마주치고 보니 212
눈 오는 날, 구두 발자국 214
물탱크 안에 든 것 216
커피를 좋아하세요? 217
이불 밖으로 발을 내놓지 마라 219

핸드폰, 컴퓨터, 그리고 디지털 카메라

최신형을 탐하지 말라?

그것은 참 예쁜 핸드폰이었다. 길을 가다 우연히 진열장에 놓인 그 핸드폰을 보자마자 나는 갖고 싶어졌다. 빨간색의, 얇고 가볍고 작은, 최신형 핸드폰이었다.

"아저씨, 이거 얼마에요?"

나는 짐짓 물어보았다. 최신형이라 엄청 비싼 것은 알고 있었지만, 혹시나 해서였다.

"음, 얼마면 살 건데, 예쁜 아가씨니까 싸게 줄 수도 있지."

가게 아저씨는 시미치 떼며 내게 다시 물었다.

"30만원."

"그래. 그렇게 하지 뭐. 대신에 아가씨 핸드폰 번호를 바꾸었으면 하는데… 이 핸드폰이 아직 번호가 살아 있어서 말이야.”

뜻밖에 아저씨는 내가 부른 값을 선선히 받아들이는 것이었다.

'와, 땡잡았다!'

나는 뛸 듯이 기뻤다. 그 자리에서 당연히 그러겠다고 대답하고, 핸드폰을 사서 그날로 그 핸드폰을 사용하기 시작했다. 그런데 통화 품질은 그럭저럭 괜찮은데, 가끔 이상한 전화가 걸려오는 것이었다. 전화가 걸려와 '여보세요' 하면 아무 말이 없는 그런….

좀 신경이 쓰였지만, 예쁜 핸드폰을 싼 값에 샀다는 기쁨이 훨씬 컸다. 어느 날 밤, 전화벨이 울렸다. 표시 창을 보니 번호가 뜨지 않는다.

'또 이상한 전화 아냐?'

생각하고 받을까 말까 망설이는데, 20번 넘게 벨이 계속 울리는 것이었다. 보통 그 정도 울리면 자동으로 음성사서함으로 연결이 될 텐데 말이다. 어쩔 수 없이 받아보았다.

“여보세요.”

역시 아무 말이 없었다. 기분이 나빠진 나는 그대로 전화를 끊으려고 하는데, 수화기 저편에서 으…. 으으… 하는 소리가 들려왔다.

'이게 무슨 소리지?'

다시 귀를 대고 소리를 들어보았다. 그러나 계속 으… 으… 하는 신음소리만 들려왔다. 너무나 기분이 나빴다. 처음엔 너무나 예쁜 것 같았던 핸드폰의 붉은 색도 왠지 기분 나빠졌다.

며칠 뒤, 비가 오는 날이었다. 시내에서 친구를 만날 약속이 있었기 때문에 우산을 쓰고 거리를 걸어가고 있는데 핸드폰이 울렸다.

"여보세요."

친구였다. 10분쯤 늦을 것 같다는 이야기였다. 그때 마침 버스가 도착해, 버스를 타기 위해 우산을 접었다. 그때 핸드폰에 빗물이 튀었다. 자리에 앉은 나는 핸드폰에 묻은 빗물을 닦기 위해 티슈를 꺼내려다 내 손에 뭔가 묻어 있는 것을 발견했다. 손바닥이 불그스름한 얼룩투성이였다.

"어, 이게 뭐야?"

놀라서 자세히 들여다보았다. 코를 갖다 대보니 희미하지만 비릿한 철 비슷한 냄새도 풍겨왔다.

"뭐, 뭐야 이거…. 어디서 묻은 거지?"

불길한 상상을 떨쳐버리려 했으나 잘 되지 않았다. 손바닥을 먼저 닦고 핸드폰을 티슈로 닦았다. 핸드폰에서도 불그스름한 액체가 묻어 나왔다. 불쾌한 기분으로 약속 장소에 도착했다. 한참을 기다리니 친구가 왔다. 친구는 나를 보자마자 놀라서 소리쳤다.

"야, 너, 왼쪽 뺨에 묻은 거 피 아냐?"

"뭐라구?"

놀라서 손거울을 보니, 아까 핸드폰을 댔던 왼쪽 뺨에 뚜렷하게 붉은, 분명히 피 같은, 얼룩이 선명하게 나 있었다.

소름이 끼쳤다. 나도 모르게 화장실로 달려가 마구 구토를 했다. 그리고 백에서 핸드폰을 꺼내 배터리를 빼고 핸드폰을 거꾸로 꺾어 두 동강낸 뒤, 휴지통에 그대로 던져버렸다.

부재중 전화

나는 요즘 발신자 번호가 안 뜨는 핸드폰 전화는 받지 않는 버릇이 생겼다. 그게 누구든 상관없다. 여행사 직원이라는 직업상 여러 사람의 전화를 받지만, 그 사건 이후로는 절대로, 절대로, 발신자 미확인 전화는 받지 않는다.

그날 나는, 어느 신혼부부가 발리 호텔에서 체크 인에 문제가 생겨 그 일을 처리하느라 이래저래 바빠 밤을 새웠다. 다음날, 너무 피곤해 잠시 낮잠을 자던 나는 꿈 속에서 내 핸드폰 벨이 울리는 소리에 깜짝 놀라 일어났다. 꿈이 너무나 생생했기 때문에 엉겁결에 핸드폰을 보았다.
    - 부재중 전화 1통 -

이라는 메시지가 있었다. 그러나 발신자 번호는 뜨지 않았다. 전화가 온 시간은 2시 47분. 내가 꿈을 꾸다 일어나기 직전이다. 혹시 꿈 속이 아니라, 현실의 벨 소리를 잠결에 들은 것일까?

별 거 아니라고 생각했다.

며칠 후, 잠을 자다가 핸드폰 벨이 울려 전화를 받는 꿈을 꾸었다. 전화를 받으려는 순간, 이상한 느낌이 들었다. 옆에 있는 시계를 들어 시간을 봤다. 새벽 3시 47분. 계속 벨이 울리는 핸드폰을 바라보다가, 문득 잠에서 깨어났다. 일어나자마자 시계를 봤다. 3시 50분이었다. 그리고 다시 핸드폰을 보니, 역시

- 부재중 전화 1통 -

이라는 메시지에 발신자 미확인 전화가 와 있었다. 그 시간은 3시 47분이었다.

이틀 뒤, 다시 똑 같은 꿈을 꾸었다. 역시 벨이 울리는 꿈에, 일어나기 직전에 전화가 와 있었다. 두 번의 꿈이 기분 나빠, 그 뒤로는 핸드폰을 진동으로 해두었기 때문에 벨이 울렸을 리가 없다.

다시 핸드폰이 울리는 꿈을 꾼다면, 그 전화를 받아야 할까? 이젠 잠들기가 무섭다.

언니, 어두워… 무서워…

강동구 명일동에 소희와 소영이라는 사이 좋은 자매가 살고 있었다. 어려서부터 사이가 좋았던 두 사람은 동생 소영이가 먼저 결혼을 한 뒤에도 하루에 두세 번씩 전화를 할 정도로 친했다. 소영이 신혼살림을 방학동 신축 단독주택에 차렸기 때문에 자주 얼굴을 볼 수는 없었지만, 그래도 두 사람은 매일 목소리를 듣는 것으로 만족했다.

그러던 어느 날부터 소영의 전화가 걸려오지 않았다. 전화를 해도 호출 음만 가고 전화를 받지 않는 것이었다. 제부도 전화를 받지 않고, 제부의 회사에 전화를 해보아도 무단결근에 연락두절이라는 말만 들었다. 걱정이 된 소희는 주말이 되자 소영의 집으로 찾아가 보았다. 하지만 아무리 벨을 눌러도 소영은 나오지 않았다. 하는 수없이 부동산업자에게 가서 사정을 이야기하고 집주인에게 마스터키를 받았다. 문을 열고 들어가니 아무도 없었다.

"도대체 갑자기 어딜 간 거야? 얘는, 어딜 가면 간다고 말을 해야지…."

소희는 중얼거리며 집안 여기저기를 둘러보았다. 그때 핸드폰이 울렸다.

"여보세요?"

"언니, 언니…."

"소영아! 어디야?"

"언니, 어두워… 무서워…."

"너, 거기 어디야?"

그러나 전화는 지직거리더니 곧바로 끊겼다. 소희는 문득 얘가 유괴를 당한 거 아닌가 싶은 생각이 들었다. 그래서 바로 경찰에 연락했다. 하지만 핸드폰 번호를 추적해보아도 발신지가 나오지 않았다.

"이상하네요."

소희는 소영의 안부가 걱정이 되어 견딜 수가 없었다.

다시 동생의 방학동 집을 찾아갔다. 그런데 집 안에 들어가면 반드시 자신의 핸드폰 벨이 울리는 것이었다. 그리고 소영의 목소리가 들려왔다.

"언니, 어두워… 무서워….'

소희는 집안을 샅샅이 뒤져보기로 마음먹었다. 방을 몽땅 뒤지고, 욕실과 베란다도 뒤졌다. 그러나 아무것도 찾지 못했다. 그때, 문득 거실에 놓인 소영의 집 전화기에 눈길이 갔다. 그 전화기의 선이 안 보였다. 전화기 선이 어딜 갔지? 소희는 다시 집을 뒤지기 시작했다. 지하실로 들어갔다. 축축한 공기 속에 뭔가 이상한 냄새가 나는 것 같았다. 그때 다시 소희의 핸드폰이 울렸다.

"여보세요? 소영이니? 너 어디야?"

"언니, 어두워… 무서워…."

소희는 미친 듯이 지하실 벽을 두드려보기 시작했다.

"소영아, 너 여기 있니?"

그때 벽 안쪽에서 이상한 소리가 들려왔다. 쿵쿵 하는, 뭔가 머리로 벽을 찧는 듯한.

사람을 불러 지하실 벽을 부수게 했다. 그러자 그 안에서 눈을 부릅뜬 소영의 시체가 나왔다. 전화선으로 목이 졸려 죽어 있는.

그리고 그 전화선의 끝을 소영의 입이 물고 있었다!

세 친구, 엇갈린 운명

그 사진을 건준이가 보여준 것은, 한달 전이다. 사진은 석 장으로, 세 명의 친구가 이번에 강원도에 놀러 갔을 때 함께 찍은 사진이었다. 한 명은 사진을 보여준 건준이었고, 다른 둘은 고교시절의 단짝 친구라고 한다. 셋이서 사진을 찍을 때, 한가운데 서는 사람은 빨리 죽는다는 속설이 있었다. 반 농담이지만, 그들 셋은 이 미신을 피하려고 번갈아 자리를 바꾸며 같은 사진을 세 번 찍은 것이다.

첫 번째 사진은 건준이 한가운데 서 있는 사진이었다. 일부러 그런 듯 얼굴을 찡그린 건준의 얼굴 부분이 까맣게 되어 있었다.

두 번째 사진은 건준이 오른쪽에 서 있었다. 그런데 그 사진에서는 가운데 선 친구의 얼굴이 또렷하게 찍혀 있는 반면 건준의 얼굴 부분은 까맣게 되어 있었다.

세 번째, 건준이 왼쪽으로 옮겨간 사진에서도 역시 건준의 얼굴은 보이지 않는다.

요컨대, 다른 두 사람은 아무렇지도 않은데, 건준의 얼굴만은 전혀 찍히지 않았다는 말이다. 왠지 기분 나쁜 사진이었지만, 나는 아무렇지도 않게 웃으며 말했다.

"카메라 렌즈가 너를 싫어하나 보다. 하하."

그러나 나의 썰렁한 농담에도 건준은 굳은 표정으로, 전혀 웃지 않았다.

그리고 어제, 건준은 갑작스런 교통사고로 세상을 떠났다. 친구에게 걸려온 전화를 통해 그의 부음을 들은 나는 한동안 망연자실했다. 나중은 들은 이야기지만, 사진을 함께 찍었던 친구 둘과 길을 걷고 있는데, 갑자기 중앙선을 넘어온 트럭이 그를 향해 돌진했다고 한다.

더더욱 이상한 것은 건준이 가운데서 걷고 있었는데, 두 친구는 반사적으로 몸을 피했는데, 건준은 그냥 말뚝처럼 멍하게 서 있는 바람에 혼자 차에 치었다고 한다.

바닷속으로

어느 중소 광고회사에서 여름용 풍경사진을 찍으러 로케이션을 갔을 때의 일이다. 촬영 팀이 간 곳은 절벽의 풍경이 아름답기로 유명한 동해의 바닷가였다. 높은 절벽 위에서 짙푸른 바다를 향해 디지털 카메라로 사진촬영이 한창일 때였다.

어느 젊은 여자가 절벽의 저쪽에서 바다를 내려다보더니, 그대로 몸을 날려 바닷속으로 뛰어들었다.

"앗!"

촬영 팀 일행은 모두 깜짝 놀랐다.

뷰 파인더에 눈을 주고 있던 카메라맨도 깜짝 놀라 눈을 떼고 금방 그 여자가 뛰어든 바닷속을 내려다보았다.

자살.

그렇다. 자살이었다.

그로부터 1주일쯤 뒤, 당시 현장에 있던 카메라맨에게 죽은 여자의 동생이라는 사람이 찾아왔다. 그녀는 언니의 죽음을 아직도 실감하지 못하겠다며, 언니가 바다에 몸을 던질 당시 현장을 찍었을 그 테이프를 보고 싶다고 간절하게 요청했다. 마지막 모습을 한번만 보고 싶다는 요청에 카메라맨은 하는 수없이 승낙하고 말았다.

비디오 데크에 테이프를 넣고, 그 장면을 틀었다.

그러나 다음 순간, 두 사람은 놀라 비명을 지르고 말았다.

"뭐, 뭐지, 저게?"

텔레비전 화면에는 여자가 절벽에서 떨어져 내리는 순간이 찍혀 있었다. 그리고 그 아래에 비친 바닷속에서 그녀를 받아들이려는 듯 무수히 많은 흰 손들이 솟아 있었다!

우린, 죽어서도 친구!

미나와 지수는 이제 중학교 3학년이 된 단짝 친구다. 초등학교 때부터 단짝 친구였지만 둘의 처지는 너무나 달랐다. 미나는 부잣집 외동딸에, 학교에서는 공부 잘하는 모범생인데다 얼굴도 예뻤다. 그러나 지수는 성적도 그저 그랬고, 얼굴도 어느 쪽이냐면 못생긴 편이었다. 그러나 미나는 지수를 너무나 좋아하고 자랑스러운 친구라고 생각하고 있었다.

지난 해 봄 소풍에서 둘은 미나의 디지털 카메라로 나란히 V자를 그리며 사이 좋게 사진을 찍었다. 헤어스타일도 똑같은 단발머리인, 사진 속의 두 아이는 얼핏 보면 쌍둥이로 보일 정도였다. 그 사진을 메일로 받은 지수는 당장

자기 컴퓨터 배경화면으로 깔았다. 물론 미나도 마찬가지였다. 어느 날, 미나는 지수에게 제안했다.

"우린 죽을 때까지 친구 하자."

"죽을 때까지가 아니라 죽어서도 친구지."

지수가 말했다.

"아, 그렇다. 죽어서도 친구지. 언제나 서로의 곁을 지켜 주는 세상에서 가장 좋은 친구가 되자."

둘은 손가락을 걸고 맹세하고, 엄지로 손도장까지 찍었다.

그러나 두 달 뒤, 미나가 학교 앞 횡단보도에서 차에 치여 그만 세상을 떠나고 말았다. 갑작스런 미나의 죽음에 슬픔에 잠겨 밥도 못 먹고 잠도 못 자던 지수는 미나가 죽은 뒤 3주 만에 겨우 기운을 좀 차렸다. 오랜만에 컴퓨터를 켰다. 배경화면에 두 사람의 사진이 떴다.

"미나야…."

지수는 다시 눈물이 쏟아졌다. 그런데 사진이 좀 이상하다는 생각이 들었다. 미나의 얼굴이 왠지 어두운 느낌이다. 늘 햇살같이 밝게 웃던 애인데….

지수는 배경화면을 자세히 들여다보고 깜짝 놀랐다. 사진은 지난 해 봄 소풍 때 찍은 거라 미나의 머리가 단발이

었는데, 지금 배경화면 속에서 미나의 머리카락은 죽기 직
전처럼 어깨에서 찰랑거리고 있었던 것이다!

"뭐, 뭐야… 이거…."

지수는 소름이 끼쳐 뒤로 물러섰다. 그때 컴퓨터 스피커
에서 희미한 목소리가 들려왔다.

"지수야…."

그러면서 배경화면 속 미나의 머리카락이 점점 길어지
는 것을 지수는 보았다. 지수는 그만 기절해버렸다.

사자死者로부터 온 이메일

　내 친구 종민이가 다니는 회사가 입주해 있는 강남의 어느 빌딩에서 일어난 일이다. 지난 IMF 때 수많은 회사에서 정리해고가 있었다. 종민의 동료였던 필우도 불행히 명예퇴직을 당했다. 사원 감축이라는 명분이었으나, 명예퇴직자는 한 명뿐이었고, 그 대상이 하필 필우였다.

　필우는 성실하기로 소문난 사원이었기 때문에 그 사건을 둘러싸고 회사에서는 뒷말이 분분했다. 사장의 친척 뻘 되는 다른 직원이 필우에게 뒤로 부탁한 것을 안 들어줬기 때문에 눈밖에 났다는 말도 있었고, 필우가 다른 사람들과 달리 사장에게 전혀 아부를 하지 않았기 때문이라는 말도 있었다.

필우는 부인이 임신 8개월이고, 돌봐드려야 하는 노모
께서 계신다며, 열심히 하겠으니 제발 봐달라고 애원했지
만, 사장은 매몰차게 거절했다. 필우는 왜 자신이 명예퇴
직을 해야 하는지 이유만이라도 듣고 싶다고 여러 번 요청
했지만, 그것도 유야무야 되었다.

결국 회사를 그만둔 필우는 다른 회사를 알아보았지만,
번번이 거절 당했다. IMF라서 모든 회사가 감원추세인데
어디서 필우를 채용하겠는가. 절망한 필우는 두 달 뒤 한
강에 몸을 던지고 말았다. 소식을 들은 회사 사람들은 결
국 회사가 필우를 죽인 셈이라며 뒤에서 사장의 불공정했
던 처사를 비난했다.

필우의 장례식이 끝나고 며칠 뒤였다. 야근을 하던 직원
들 사이에서 필우를 봤다는 소문이 돌기 시작했다. 누군가
는 화장실에서 봤다고 했고, 누군가는 사무실 한 귀퉁이에
서 있는 것을 봤다고 했다. 소문은 꼬리를 물고 퍼져 온갖
유언비어가 퍼져나갔다. 돌고 돌던 이야기는 결국 사장의
귀에 들어갔다. 사장은 말도 안 되는 소리라고 코웃음 쳤
다.

그러나 직원들은 점점 야근을 기피하기 시작했고, 드디

어는 아무도 야근을 하려 하지 않게 되었다. 사장은 고심 끝에, 자신이 직접 남아 야근을 해서 소문이 유언비어임을 증명하겠다고 나섰다.

12시가 넘어 모두들 퇴근하고 사장이 혼자 남아 서류를 검토하고 있을 때였다. 1시가 조금 안 되었을 때, 갑자기 형광등이 깜박거리기 시작했다.

"뭐야, 내일 아침에 형광등 갈라고 해야겠군."

사장은 중얼거리며 책상 위의 스탠드를 켰다. 스탠드 불빛이 켜지나 했더니 형광등이 탁, 하고 불이 나가버렸다. 이어서 스탠드 불빛도 꺼져 버림과 동시에 컴퓨터 전원도 꺼져버렸다.

"에이. 하필 정전이야. 이래서야 일을 할 수가 있나."

사장은 다시 중얼거리며 몸을 일으켰다.

그때 사무실 한쪽 구석자리에 뭔가 희끄무레한 그림자 같은 것이 비쳤다.

예전 필우의 자리였다.

"뭐지? 저게?"

사장은 눈을 크게 떴다. 순간 예전에 필우가 쓰던 컴퓨터 전원이 켜졌다. 그러더니 또드락 또드락, 또드락 또드락.

키보드 두들기는 소리가 들려오기 시작했다. 무서워진 사장은 그 자리에 몸이 얼어붙었다. 감히 그 쪽에 가서 화면을 확인할 용기가 없었다.

몇 분이 지났을까. 갑자기 형광등 불이 들어왔다. 윙- 하는 소리와 함께 컴퓨터도 부팅되기 시작했다. 휴우-, 하고 한숨을 쉬며 사장은 이마에 난 땀을 닦았다. 아까 그건 무엇이었을까. 생각하며 컴퓨터 모니터를 쳐다보았다. 탁, 하고 모니터가 밝아진 순간, 필우의 얼굴이 화면 가득 클로즈업되었다.

"으악!"

깜짝 놀란 사장은 의자를 박차고 일어나려다 그만 바닥에 넘어지고 말았다. 필우의 얼굴은 점점 클로즈업되었다. 무표정하게 사장을 노려보며 뭔가 말하려는 듯, 입을 달싹하는 필우의 얼굴이 점점 모니터에 가득 차 갔다.

"아아, 미, 미안해. 필우 씨. 내가 잘못했어…. 당신보다 일을 못하는 사람도 많았는데…."

사장은 바닥을 기다시피 도망치려 했으나 몸이 움직여지지 않았다.

다음날, 직원들이 출근했을 때, 사장은 사무실 한 구석
에서 온몸을 부들부들 떨며 눈을 희번덕거리고 있었다. 여
름인데도 몹시 추운 듯, 입술을 달싹거리며

"내가 잘못했어, 내가 잘못했어…"

만 되풀이하고 있었다. 병원에 옮겨진 사장은 계속 헛소
리를 하며 의식을 회복하지 못하고 결국 그대로 세상을 떠
나고 말았다.

장례식이 끝난 뒤, 사장의 책상을 정리하던 직원들이 사
장의 컴퓨터 메일 함에서 열지 않은 메일을 하나 발견했
다. 발신인 아이디가 pilwoo였고, 보낸 일시는 사장이 야
근했던 그날 밤 새벽 1시였다. 좀 찜찜해진 직원들은 열까
말까 망설였으나, 결국 열어보기로 했다. 그것은 간단한
텍스트 파일로, 내용은 단 한 줄이었다.

"왜 저를 자르셨나요…."

손님

대학교 1학년 첫 여름방학 때의 일이다. 아르바이트 자리를 찾고 있는데, 마침 친구가 홍대 앞에 있는 노래방 아르바이트를 소개시켜줬다. 원래 노래방이라면 사족을 못 쓰던 지라, 그거 좋지, 하며 아르바이트를 하기로 했다. 하루 12시간 근무였지만, 낮 시간에는 한가해서 책을 읽거나 음악을 들을 수도 있었다. 무엇보다도 좋았던 것은 한가한 낮에 빈 방이 있으면 나 혼자 실컷 노래를 부를 수 있다는 점이었다.

그러던 어느 날, 손님이 없는 낮 시간에 혼자 노래를 부르고 있었다. 요즘 유행하는 최신 댄스 곡을 신나게 부르다, 문득 누군가 나를 보고 있는 것 같은 느낌이 들었다. 혹시 손님이 들어오면 바로 뛰쳐나가야 하기 때문에 계속 유리창 너머 출입구를 힐끗힐끗 쳐다보고 있었는데, 어둑한 복도 쪽 유리창에 10대 후반 정도로 보이는 긴 머리의 여자애가 비쳤던 것이다. 나는,

 '앗, 손님이다!'

생각하고 벌떡 일어났다. 그러나 문을 열고 둘러보니 아무도 없었다.

"이상하네? 잘못봤나….."

나는 중얼거리며 문을 닫고 돌아섰다. 그러나 다음 순간, 나는 "으악!"하고 소리를 지르며 그 자리에 주저앉고 말았다. 조금 전에 유리창에 비쳤던 긴 머리의 여자애가 방의 어둑한 구석에 가만히 서서 노래가 흘러나오고 있는 텔레비전 화면을 바라보고 있었던 것이다!

누구야, 따라부르는 놈?

2년 전 여름이었다. 방학은 했지만, 아르바이트를 하느라 그 흔한 바다도 못 가고 집과 아르바이트하던 회사를 오가며 신세 한탄을 하던 어느 주말이었다. 날은 찌는 듯이 더워 방구석에서 선풍기를 붙들고 뒹굴고 있는데 친구한테 전화가 왔다.

"야, 뭐하냐. 성진이가 자기 아르바이트하는 노래방 놀러오래. 낮에 오면 팍팍 쏜다고."

"날도 덥고 귀찮은데…."

"야, 덥긴. 노래방이 얼마나 시원한데. 에어컨 없는 니네 집보다 백배는 시원하지."

에어컨 소리에 솔깃했다. 그렇지, 시원한 데서 신나게

노래를 부르며 논다? 에라, 피서도 못 가는데 노래방이라도 가자.

　그래서 같은 과 친구 넷이 모여서 성진이 일하는 강남역 근처의 노래방으로 찾아갔다. 무료한 표정으로 카운터에 앉아 있던 성진은 우리를 열렬히 반겨주었다. 그리고 넓은 방을 차지하고 앉아 모두 신나게 노래를 부르기 시작했다. 한바탕 노래를 부른 뒤, 우리 과에서 노래를 제일 잘한다는 평을 받고 있는 지훈이란 놈이 일어났다. 그리고 잔뜩 폼을 잡고 어려운 록을 부르기 시작했다. 그 놈은 노래를 잘하는 대신에 자신이 노래할 때 다른 사람이 함께하는 것을 용납하지 않는 놈이었다. 그래서 모두 한숨 돌리며 음료수를 마시면서 지훈이의 노래를 듣고 있었다. 눈을 지그시 감고 신나게 부르던 그 놈이 갑자기 노래를 딱, 멈추었다. 그리곤,

"누구야, 따라 부르는 놈?"

하고 소리를 버럭 질렀다. 우리는 모두 깜짝 놀랐다.

"아무도 안 불렀는데?"

"아니야, 분명히 내가 들었는데, 웬 여자가 허밍으로…."

그러나 우리 일행 중에는 여자가 없었다. 우리는 모두 기분이 이상해졌다. 서로 얼굴을 쳐다보다 한 친구가 분위

기를 바꾸려고,

"야, 귀신 아니냐? 귀신이면 나와보라 그래!"

하고 말했다. 우리는 모두,

"그래 그래, 나와 봐!"

"기왕이면 예쁜 여자 귀신이면 좋겠다."

하고 맞장구를 치며 호기롭게 깔깔거렸다. 그 순간, 갑자기 에어컨이 꺼졌다.

"야, 이거 왜 이러냐. 과부하된 거 아냐? 아님, 정전이냐?"

"정전이면 방의 불도 꺼져야지, 짜샤."

그때, 방의 불이 몽땅 꺼졌다.

"어, 정말 정전인가?"

성진은 다른 방의 상황을 보러 갔다. 그때 다시 파다닥, 불이 들어왔다. 그러더니 금방 다시 꺼졌다. 그리고 이번엔 천정 위의 사이키 조명이 빙글빙글 돌아갔다. 그리고는 스피커에서 여자의 콧노래 같은 이상한 소리가 가느다랗게 흘러나오기 시작했다.

"야…, 이거… 혹시…."

우리는 모두 슬금슬금 방에서 도망쳐 나왔다. 성진은 그날로 노래방 주인 아저씨한테 그만두겠다고 말했다.

세리야, 이리오렴

미국에 유학갔던 지연이가 반년 만에 집에 돌아왔다.

집에 도착했을 때는 이미 밤이었다. 서둘러 식탁에 앉아 오랜만에 어머니가 만들어준 맛있는 음식을 잔뜩 먹고, 널찍한 욕조에 뜨거운 물을 가득 받아 몸도 담갔다.

자기 방의 이 화사한 냄새도 오랜만이다.

한 가지 아쉬운 것은 가장 보고 싶었던 검은 고양이 세리가 보이지 않는 것이었다. 그러나 늘 자기 멋대로 밖으로 놀러다니다 밤이 깊어서야 잠을 자기 위해 돌아오던 고양이였기 때문에 잘 시간이 되면 돌아오리라 생각했다.

침대에 파고들어 누워 있는데, 딸랑딸랑, 하는 귀에 익은 방울소리를 울리며 타박타박, 자신이 오랫동안 키우던,

세상에서 가장 사랑하는 고양이 세리가 들어왔다. 역시나, 생각한 지연은,

"세리야, 이리 오렴. 언니 돌아왔다. 언니 보고 싶었지?"

침대 안에서 팔을 내밀어 고양이를 불렀다.

거기에 화답이라도 하듯, 야옹, 하고 어리광을 부리며 세리는 침대로 올라와 이불 속으로 파고들었다. 그리고 찰싹 지연에게 달라붙었다. 그렇게 지연은 오랜만에 집에 돌아온 기분을 마음껏 느끼며 사랑하는 고양이를 안고 잤다.

아침이 되어, 세리에게 줄 밥을 준비하고 세리를 불렀다.

"세리야, 맘마 먹자."

그러나 세리는 나타나지 않았다.

"아침부터 어딜 갔지?"

예전엔 언제나 아침을 먹고 외출하곤 했던 세리였기 때문에 지연은 이상하다고 생각했다.

그때, 어머니가 나타났다.

"엄마, 세리가 밥 먹으러 안 오네. 어딜 갔는지 몰라?"

그러자, 어머니는

"지연아, 사실은…"

하고 말을 흐렸다.

"사실은?"

지연은 놀라서 어머니를 쳐다보았다.

"사실은 세리가 말이다. 네가 충격을 받을까봐 어젯밤에
는 말을 못했는데….”

"무슨 말이야?"

"네가 너무 귀여워하던 고양이라 차마 말을 못했다. 세
리는 2주일 전에 차에 치어 죽었단다."

"말도 안 돼! 어젯밤에도 내가 침대에서 안고 잤는걸?"

그러나 어머니는 슬픈 눈으로 지연을 바라볼 뿐이었다.

TV가 끝난 후

내 친구 동생 영지는 텔레비전을 너무나 좋아했다. 한창 공부해야 할 고등학생임에도 불구하고 인기 있는 드라마는 꼭 챙겨보고, 시간만 있으면 언제나 텔레비전을 끼고 사는 아이다.

어느 늦은 밤, 영지는 여느 때와 마찬가지로 거실 소파에 비스듬히 드러누워 리모컨으로 이리저리 채널을 돌리고 있었다.

"뭐야, 오늘은 정말 볼 것 없네…."

투덜거리면서 계속 채널을 돌렸다.

그러다 어느 한 채널에서 눈이 머물렀다. 전파가 잘 안 잡히는 탓인지 약간 지직거리는 화면에 건조한 배경으로

뉴스 앵커인 듯한 젊은 여자가 등장했다. 여자는 뉴스 스
크립트를 들고 건조한 목소리로 뭔가를 읽고 있었다.

　"다시 한번 알려드립니다. 명단은 다음과 같습니다.
　강원래, 강지민, 구본승, 기영희, 김유나, 김진철, 김준
영, 김혜영, 박동원, 박은미, 박하정, 백은하, 이민하, 이정
아, 이혜원, 임준휘, 차지영, 한슬기, 홍민호, 황수근…."

　"이게 뭐지? 무슨 명단이지?"
　영지는 잠시 화면을 주시했다.
　그때 앵커가 스크립트에서 눈을 들더니 화면을 똑바로
주시했다.
　영지와 정면으로 눈이 마주쳤다.

　"이상, 내일의 희생자입니다. 그럼, 여러분, 생애 마지막
밤, 편히 주무십시오."

빨간 마스크의 비밀과 거짓말

요즘 어린이들 사이에서 공포의 대상이 되고 있는 빨간 마스크를 아는가.

긴 머리에 하얀 레인코트를 입고 빨간 마스크를 한 여자가 "나 예뻐?"라고 묻는다.

"예쁘다"고 답하면, 마스크를 벗고 "이래도 예뻐?"라고 하는데, 입이 귀까지 찢어져 있다.

"못 생겼다"라고 답하면 마스크를 벗고 큰 식칼을 꺼내 쫓아온다. 100미터를 10초 안에 주파하는 대단한 달리기 실력을 과시하지만, 2층 이상의 건물은 오르지 못한다고.

빨간 마스크를 물리치는 방법은 엿을 주거나, "포마드, 포마드, 포마드!"라고 외치는 것.

그러나 그 전에 "나 예뻐?"라고 물었을 때, "그저 그런데요."라고 대답하는 것이 정답이라고 한다.

그런데 이 빨간 마스크는 원래 일본에서 생긴 괴담이다.

1978년에 일본 기후 현에서 퍼지기 시작해, 곧 일본 전역으로
퍼져나갔다.

그때 일본에서는 아이들을 교습소에 보내는 것이 붐이었는
데 형편이 안 되어 아이들을 교습소에 보낼 수 없었던 부모가
이런 소문을 퍼뜨려 교습소 붐을 사라지게 하려고 했다는 설도
있다. 당시 일본에서는 언론에 보도될 정도로 커다란 화제가
됐고, 학교 조회시간에 "그런 사람이 있는 것 같으니 하교 길
에 주의할 것"이라는 말이 전달될 정도였다고 한다.

빨간 마스크가 왜 입이 찢어졌는지에 대해서는 성형수술이
실패해서 그렇게 됐다는 말도 있고, 그녀의 미모를 시기한 자
매가 입을 찢어놓았다는 설도 있다.

한밤중, 텅 빈 사무실

강남 테헤란로에 있는 어느 벤처기업에서 있었던 일이다. 벤처기업인만큼 밤늦게까지 야근하는 것도 흔한 일이고, 밤을 새는 것도 흔했던 그 회사 사무실에서.

어느 날, 신주하라는 여직원이 여느 때처럼 야근을 하다가 문득 혼자 남아 있다는 것을 알아차렸다. 각자 맡은 일이 끝나면 알아서 퇴근을 하기 때문에, 그럼 수고, 하고 개별적으로 돌아가는 일이 흔했기 때문이다.

현재 맡은 프로젝트가 바빠서 정신 없이 일을 하던 주하는 문득, 환하게 불이 켜져 있는 사무실이 이상하게 좀 어두워 보인다고 생각했다. 기분 탓이려니 생각하고, '나도 슬슬 퇴근해야겠군' 하고 중얼거렸다.

그 순간, 전체 직원의 컴퓨터와 연결된 레이저 프린터가 갑자기 윙-하는 소리를 내며 돌아갔다.

'어머?'

놀라서 프린터를 보자 번쩍거리며 뭔가를 인쇄한 용지를 뱉어냈다.

'어떻게 된 거지?'

주하는 사무실을 둘러봤다. 아직 누군가가 있는 것은 아닌가, 하고. 하지만 아무도 없었고, 켜져 있는 모니터도 없었다.

'이상하네.'

혼자 중얼거리며, 기분 나쁜 생각에 주하는 프린터를 끄려 했다.

그 순간, 프린터가 다시 종이를 뱉어내기 시작했다. 뭔가가 빽빽이 씌어 있는지 종이가 나오는 속도가 빠르진 않았으나, 계속 뭔가가 프린트되고 있었다.

'보면 안 돼!'

무서운 생각이 얼핏 든 주하는 그냥 그대로 가방을 들고 사무실에서 도망치듯 나와버렸다.

다음날 아침, 출근한 주하는 프린터 옆의 직원에게,

“혹시 어제 프린터에 뭔가 걸어놓고 퇴근했어? 뭔가 나오는 것 같던데.”

하고 물었다.

“에이 그럴 리가요. 제가 누구에요. 퇴근 전에 반드시 일은 마무리하고, 컴퓨터는 끈다 주의자 아닌가요.”

“오늘 아침에 혹시 프린트된 종이 없었어?”

“깨끗했는데요.”

주하는 소름이 돋았다.

그날 이후 주하는 절대로 사무실에 혼자 남아 있지 않는다고 한다.

되살아나는 화면 보호기

어느 공대생이 취미 삼아 여러 가지 화면 보호기를 만들었다. 오랫동안 컴퓨터를 사용하지 않은 채로 켜 두면, 절전용으로 뜨는 화면 말이다. 그는 자신의 웹사이트에 작품을 소개하고, 많은 사람들이 무료로 내려 받을 수 있게 했다. 그가 만든 화면 보호기는 약간 음울하면서도 멋진 고딕 스타일이어서, 네티즌들 사이에서 꽤 인기를 끌었고, 많은 사람들이 자신의 컴퓨터에 깔게 됐다.

그러던 어느 날, 그는 뺑소니차에 치여 갑자기 저 세상으로 가고 말았다. 사고가 발생했던 것은 새벽 2시 30분 경이었다. 그 후, 그의 웹사이트에 있었던 화면 보호기가 매일 새벽 2시 30분이 되면, 어떤 컴퓨터이든 상관없이 작동

하기 시작했다. 심지어 컴퓨터 전원이 꺼져 있을 때에도, 화면 보호기는 작동했다.

그러나 여기서 주의할 것. 그로테스크하게 빛나는 그 화면 보호기를 보면 절대로 안 된다. 화면을 보면 그 순간 핸드폰 벨이 울린다. 죽은 그에게서 전화가 걸려오는 것이다. 그러므로 만에 하나 그 화면 보호기를 봤다면 반드시 일주일 동안 핸드폰의 전원을 꺼둬야 한다.

그에게 걸려오는 전화를 받지 않으려면.

할머니, 퇴원 축하 드려요

칠순이 넘으신 할머니가 지난 해 가을 오랫동안 입원하셨다가 경과가 좋아 퇴원하게 되었다. 한때는 위독했지만 뜻밖에 완쾌하셔서 가족들이 모두 축하하러 몰려들었다.

병실에서 소란스럽게 퇴원준비를 하랴, 퇴원축하 인사를 하랴, 와글와글한 와중에 사촌동생이 아르바이트 해서 모은 돈으로 디지털 카메라를 샀다며 퇴원축하 사진을 찍어주겠다고 나섰다. 작고 가벼워서 요즘 젊은이들 사이에서 최고 인기가 있는 기종이었다.

모두 둘러서 손자가 선물한 장미 꽃다발을 안고 할머니가 가운데 서서 사진을 찍었다. 돌아오는 차의 조수석에서 사촌동생은 뒷자리에 앉으신 할머니를 또 찍었다.

그런데 다음날 사촌동생에게 전화가 왔다.

"형, 보여주고 싶은 게 있어서 그러는데, 좀 만나줄 수 있어?"

"뭔데?"

"만나서 보여줄게."

사촌동생의 목소리가 별로 좋지 않아서, 그날 저녁에 만나기로 했다. 약속 장소에서 기다리고 있던 사촌동생은 나를 보자마자 디지털 카메라를 꺼냈다.

"이것 좀 봐."

"뭔데?"

그가 보여준 사진은 어제 병원에서 찍은 할머니의 퇴원 사진이었다. 앞에서부터 차례차례 사진을 보고 있는데, 열 몇 장째쯤 갔을까, 할머니가 차에 오르신 뒤 찍은 사진이 나왔다.

"앗!"

나도 모르게 비명을 질렀다.

"이게 뭐야. 왜 이래."

"그렇지?"

사촌동생도 맞장구를 쳤다. 사진은 할머니가 찍혀 있어야 할 텐데…. 아니, 옷은 분명히 할머니 옷이었는데, 얼굵은… 하얀 해골이 찍혀 있었다! 그리고 소매 끝으로 드러나 손도 살이 없이 뼈마디만 앙상한 해골의 손이었다!

그로부터 일주일 뒤, 밤에 주무시던 할머니는 조용히 돌아가셨다. 아침에 웬일인지 안 일어나셔서 어머니가 깨우러 들어갔더니 돌아가셨더라고 한다.

장례식에 온 사촌동생은 나를 보자, 구석으로 끌고 가 조용히 속삭였다.

"역시나… 그 사진…. 그랬었나 보지?"

"음…. 그런 것 같다. 좀 섬뜩하군."

"그 사진은 어떡하지? 가족에게 보여줄까? 무섭긴 하지만…."

"그냥 지우는 게 낫지 않겠냐. 좋은 사진도 아니고…."

그래서 우리는 그 사진은 지우고 나머지 사진만 가족들에게 전송해주고, 지금까지 그 일을 비밀로 묻어두고 있다.

이리 오렴, 이리 와

　강남구에 있는 어느 버스 정류장 근처 공중전화 박스 앞은 사고 다발지역으로 유명하다. 거대한 아파트 단지 바로 앞이어서 사람들의 왕래도 잦고 6차선이라 대형 트럭들도 많이 다니는데, 이상하게 자동차의 보도 돌진 사고가 많아 '저주 받은 장소' 라는, 기분 나쁜 소문이 떠돌고 있다. 그 길 앞 공중전화는 요즘처럼 핸드폰이 많이 보급된 시대에도 요행히 없어지지 않고 남아 있다. 왕래하는 사람이 많아, 이용하는 사람이 꽤 많았기 때문이었다.

　어느 날, 동주라는 남자애가 여자 친구에게 전화를 하는 도중 마침 핸드폰 배터리가 떨어져 그 공중전화 박스로 들어갔다. 번호를 누르자, 호출 음이 울리고 전화를 받는 소리가 들렸다.

"여보세요?"

하고 말을 건네자, 수화기 너머에서 가늘고 약한 목소리가 흘러나왔다.

"이리 오렴, 이리 와…."

"무슨 소리야.", 중얼거리며 동주논 다시

"여보세요? 지연이냐? 난데… 아까 핸드폰 배터리가 떨어져서…"하고 말하는데 다시,

"이리 오렴…."

하는 가느다란 목소리가 들려왔다. 그건 친구 목소리가 아니었다. 확실히 들리진 않았지만, 가늘고 약간 떨리는 젊은 여자의 목소리였다.

"여보세요? 누구세요?"

하는데, 바로 눈앞에 대형 트럭이 공중전화 박스를 향해 정면으로 돌진해오는 것이 보였다.

"아악!"

깜짝 놀란 동주는 반사적으로 전화 박스에서 뛰쳐나오려 했지만, 문이 뭔가에 걸린 듯, 열리지 않았다.

'아아, 끝장이다!'

동주는 손으로 눈을 가리며 그 자리에 주저앉고 말았다.

다음 순간, 트럭의 소름 끼치는 급 브레이크 소리가 들려왔다. 트럭은 전화 박스에서 불과 10센티미터 앞에서 가까스로 멈춰 섰고, 새파랗게 질린 운전사가 황급히 뛰어내렸다. 사람들이 웅성웅성 몰려들기 시작했다.

"괜찮아? 안 다쳤냐?"

운전사가 공중전화 박스 문을 열며 동주에게 말했다. 동주는 가까스로 눈을 떴다. 눈앞에 거대한 트럭의 몸체가 한눈에 들어왔다. 그 앞에는 처참하게 뭉개진 하얀 개의 시체가 있었다.

"어, 어떻게 된 거죠? 저 안 죽었나요?"

"정말 다행이다. 갑자기 브레이크가 안 들어서 얼마나 놀랐는지. 게다가 핸들도 꼼짝 않고, 차가 제멋대로 전화 박스를 향해 달리는 바람에…. 꼭 무엇에 홀린 것 같군…."

운전사는 혼잣말처럼 중얼거렸다. 순간, 동주는 바로 조금 전에 전화기에서 들려왔던 소리를 기억해냈다.

"이리 오렴…. 이리 와…."

여인의 가는 목소리가 계속 맴돌았다.

그 개가 갑자기 뛰어들어 치는 바람에, 트럭의 브레이크가 들게 된 건지, 동주는 그렇게 믿고 있다. 그 개가 아니었다면, 자신이 차에 치어 죽었을 것이라고.

저 여자, 전화 진짜 오래 하네

내가 다니던 대학은 서울에 있는 대학의 지방 캠퍼스였다. 캠퍼스라고 해 봤자 학교 건물과 기숙사만 덩그러니 있었고, 학교 주변에도 온통 산과 밭, 몇 채의 민가, 갑자기 지어진 아파트 몇 동, 작은 슈퍼 정도밖에 없었다. 밤이 되면, 온통 새까만 암흑뿐이었다. 가로등도 별로 없었고, 코를 베가도 모를 정도로 칠흑 같은 어둠이 마을을 장악하고 있었다. 그 대학 기숙사에서 함께 생활했던 후배 병호가 들려준 이야기다.

어느 날, 밤 10시가 지난 늦은 귀가 길이었다. 기숙사를 향해 칠흑 같은 길을 혼자서 빠른 걸음으로 걷고 있자니, 기숙사 앞에 있는 공중전화 박스의 불빛이 보였다. 다시 걸어가니 그 공중전화 박스 앞에서 차례를 기다리고 있는 옆방 친구 태수가 보였다. 하지만, 유리로 된 전화박스 안에는 분명히 아무도 없는데, 태수는 계속 그 앞에 서 있는 것이었다. 마치 차례라도 기다리는 듯….

'저 자식, 뭘 하고 있는 거야? 전화를 할 거면 그냥 들어가서 하면 되지. 뭘 멍하게 서 있는 거지?

하고 생각하면서 나는 태수의 뒤를 지나쳐 기숙사로 들어갔다. 화장실에서 손을 씻고 있는데 태수가 들어왔다.

"진짜로 전화 오래 하네, 저 여자…."

태수는 무슨 일인지 화가 치민 목소리로 혼자 씩씩거리며 분통을 터뜨렸다.

"아, 역시 너, 전화하려고 거기서 기다리고 있었던 거냐."

"그래. 벌써 30분도 더 기다렸다. 하필 여자 애랑 이야기하고 있는데 핸드폰 배터리가 나가지 뭐냐. 당장 달려나가 공중전화에서 전화를 하려는데. 이상한 여자가 먼저 하고 있는 거야. 근데, 그 여자, 해도 해도 너무 하는 거 아니냐? 뒤에서 사람이 기다리고 있는 게 빤히 보이는데, 그렇게 오래 전화해도 되는 거야? 정말 열 받아서 한 마디 해주려다 그냥 전화박스 문을 한번 뻥 차주고 돌아왔지. 요즘 애들은 정말이지…."

　나는 어리둥절한 표정으로 태수를 봤다.

　"야, 근데…. 아까 내가 들어올 때, 널 보고 좀 이상하다고 생각했는데…."

　"뭐?"

　"그 전화 박스 안에는 아무도 없었어."

　"그게 무슨 소리야?"

　"빈 전화 박스 앞에서 네가 그냥 서 있더라구."

　"말도 안 돼! 분명히 머리가 긴 여자가…."

　"그게 말이 되냐? 이 늦은 시간에 남학생 기숙사에 웬 여자가 있겠냐. 그것도 일행도 없이 혼자서 저 어둠 속에서…."

　"그래도…."

　"그래서 네가 문을 뻥 차니까, 그 여자가 뭐라고 하든?"

　"그러고 보니, 놀라서 돌아보거나 미안하다고 한 마디도 없었거든. 계속 딴 데를 보면서 태연히 이야기를…. 그래서 참 뻔뻔한 애라고 생각…. 뭐야…, 어떻게 된 거야…."

　우리 둘은 동시에 고개를 돌려 아래에 보이는 공중전화 박스를 내려다 보았다. 텅 빈 공중전화 박스가 칠흑 같은 어둠 속에 음습하게 서 있는 것이 보였다.

지하철에서 전화하지 마라?

요즘 젊은 사람들 중에서 핸드폰 없이 지내는 사람은 없을 것이다. 그러나 내 친구 경수는 3개월 전 갑자기 해약하고 지금까지 핸드폰 없이 지내고 있다. 만날 약속이나 약속 확인 등이 번거로워 왜 핸드폰을 만들지 않느냐고 물었지만, 경수는 그냥 핸드폰을 쓰기가 싫어졌다고 할 뿐이었다.

어느 날, 경수와 종로에서 만나기로 했던 나는 30분쯤 늦고 말았다. 뜻밖에 차가 막혀 어쩔 수가 없었다. 약속 장소에 계속 서서 기다리던 경수는 짜증이 난 표정이었다.

나는, 늦어서 미안하다. 갑자기 차가 막혀서. 일단 사과한 뒤, 말이 난 김에 물어보았다.

“이럴 때 네가 핸드폰만 갖고 있었어도 연락을 했을 것 아냐. 핸드폰 좀 만들어. 왜 그러냐? 너도 불편하지 않나?”

그러나 경수는 굳은 표정으로 대답하지 않았다. 잠시 후, 경수는 마음을 굳힌 듯 나를 바라보며 말했다.

“왜 내가 핸드폰을 만들지 않는지 그렇게 알고 싶냐?”

경수의 굳어진 얼굴을 보고 왠지 겁이 났지만 궁금했기 때문에 물었다.

“그래.”

“알았어. 그럼 말해주지.”

다음은 경수가 들려준 이야기다.

나의 집은 서울대 근처이기 때문에 지하철 2호선을 타고 돌아간다. 대개 친구들과 어울려 술을 마시고 귀가가 늦기 때문에, 술 취한 승객들이 북적거리는 시간대에 시달리며 집까지 간다. 그러던 어느 날이었다. 평소보다 조금 늦게, 신촌 역에서 신림 역까지 가기 위해 지하철을 탔다. 지하철은 웬일인지 텅 비어 있었다.

술에 취해서 아무렇게나 가까운 노약자 우선석에 앉았다. 귀찮은데… 뭐, 괜찮겠지… 하고 그냥 눈을 감고 졸고 있었다. 몇 분이나 잤을까, 전화가 왔다. 평소 내가 마음에 두고 있던 같은 과 여자애가 건 것이었다.

"우리, 내일 같이 놀러 안 갈래? 서울랜드 어때?"

라는 말에 나는, 금방 즐거워졌다. 기쁨을 감추지 못한 어조로 이야기를 하고 있으니, 옆에서 누군가가 노려보고 있는 것 같은 느낌이 들었다. 옆을 쳐다보니, 한 할아버지가 못마땅한 듯, 아주 무서운 눈초리로 노려보고 있다.

그러나 그것도 잠시, 처음에는 붉었던 할아버지의 얼굴이 새파래져가고, 그리고 새하얘져 갔다. 혈색이 없어지고 있는 것이다. 할아버지는 쭈글쭈글한 손을 들어 내 얼굴로 향했다. 입에서는 뭔가 끓는 소리 같은 게 흘러나왔다. 뭔가 섬뜩한 기분이 든 나는, 벌떡 일어났고 때마침 문이 열려서 내렸다. 하필이면 그게 막차였다. 역을 빠져 나와, 그냥 걸었다. 할아버지의 하얘진 얼굴이 계속 떠올랐다.

'빌어먹을, 한참 기분 좋았는데….'

다음날, 나는 서울랜드에 가서 신나게 데이트를 즐겼다. 이상하게 꺼림칙한 기분을 떨쳐버릴 수 없었지만, 일단은 신나게 놀았다. 돌아오는 전철은 붐비고 있었다. 그런데 갑자기 핸드폰이 울렸다. 주머니에서 핸드폰을 빼려 하는 순간 전동차가 급정거를 했다. 순간적으로, 나는 뒷사람의 발을 밟은 느낌이 들었다. 사과하려고 뒤돌아본 순간, 나는 주저앉을 뻔했다. 어제 전철 안에서 만났던 할아버지가 있었던 것이다. 얼굴은 미라처럼 창백했고, 약간 벌어진 입에서는 끓는 소리가 흘러나왔다. 시뻘건 눈은 유독 번쩍번쩍 빛나고 있다. 할아버지는 손을 뻗쳐, 내 목을 조르려 했다. 당황한 나는 전철이 역에 도착하자 무작정 내리려고 하다가, 타는 사람과 부딪쳐 홈에 나뒹굴었다. 할아버지는 무섭게 빠른 속도로 달려와, 무서운 형상을 한 채, 내 위에 올라탔다. 뼈마디가 튀어나온 주름투성이 손가락이 목에 닿은 순간, 나는 말했다.

"아, 왜… 왜 그러세요…."

정신을 차리고 보니, 나는 홈에 쓰러져 있었다.

"괜찮아? 왜 갑자기 뛰어나가는 거야?"

"그… 그… 하, 할아버지는?"

나는 두리번거리며 소리쳤다.

"그게 무슨 소리야?"

그녀는 그런 할아버지는 보지도 못했다고 했다. 핸드폰 벨이 울리자, 내가 갑자기 창백한 얼굴로 뛰쳐나갔다는 것이다. 그 와중에 핸드폰은 철로에 떨어졌고, 박살이 나 있었다.

나중에 알았지만, 그날 조간 신문 사회면 한 귀퉁이에

작은 기사가 하나 실려 있었다.

어젯밤 11시 30분경, 지하철 2호선 신도림 역 전철 안에서 성동구 성수동에 사는 김○○ 씨(75)가 쓰러져 있는 것을 지하철 공사 직원이 발견, 근처 병원으로 옮겼으나 사망했다. 사망 원인은 김씨가 부착하고 있던 심장박동 보조기의 오작동. 경찰은 전철 내에서 사용한 핸드폰 전자파의 영향으로 기계가 오작동을 일으켜 심장발작으로 이어진 것으로 보고 있다.

이야기를 마친 경수는 긴 한숨을 쉬었다.

"알겠냐? 그때 얼마나 끔찍했는지 너는 모를 거다. 그 다음에 핸드폰을 사러 갔는데, 핸드폰을 집어 드는 순간, 그 할아버지 얼굴이 눈에 확 들어오는 거 있지. 핸드폰이라면 이제 끔찍하다. 지하철을 타면, 그 할아버지가 바로 뒤에 서 있는 것 같아. 그래서 지금은 지하철도 되도록 안 탄다구."

통화 중 잡음

나는 서울의 모 여대 2학년이다. 이 이야기는 같은 과 동기이자 친한 친구였던 진아에게 있었던 이야기이다.

몇 주 전에 진아가 남자 친구와 휴대폰으로 이야기를 하고 있었다고 한다. 부잣집 아들인 남자 친구는 때 마침 차를 운전하던 중이었다. 그날 있었던 이야기와 남자 친구도 아는 여자 친구들 이야기 등 아주 평범한 대화를 하고 있었는데, 갑자기 지이- 지이- 지지지이- 하는 잡음이 섞였다. 진아는, 이상하네, 생각했다. 그래서,

"자기야, 내 말 잘 들려? 지금 혼선된 것 같은데…."

하고 말했다. 그런데 다시 통신 상태가 좋아져, 이야기

를 계속했다.

"근데 말이야… 미진이 걔는 말이지 정말…."

"진아 얼굴 뒤엔 검은 그림자가 보여…."

"뭐라구?"

진아는 갑자기 얘가 뭔 소리를 하는 건가 싶어 되물었
다.

남자 친구는 낮고 음습한 목소리로,

"진아 오른팔은 야들야들해서 먹기 좋지…."

"자기 지금 무슨 소리 하는 거야? 갑자기 왜 그래?"

진아는 처음엔 장난을 하나 싶어 소리를 질렀으나, 남자
친구는 계속 낮고 거친 목소리로,

"진아 피는 싱싱해서 맛있지…."

갑자기 등골이 오싹해진 진아는

"아, 너무 늦은 것 같아. 오늘은 피곤해서 이만 잘게. 그
럼 운전 조심하구, 잘 자."

하고 말했다.

"그래… 잘 자…."

전화를 막 끊었는데 다시 전화가 걸려왔다. 화들짝 놀라
번호를 보니 남자 친구다. 진아는 받을까 말까 망설이다
전화를 받았다.

"여보세요."

"아, 아까는 끊어서 미안. 갑자기 잡음이 심해져서 끊었어. 화 안 났지?"

남자 친구의 평소와 똑같은 밝고 명랑한 목소리가 들려왔다.

"뭐라구? 난 지금 화나 있어. 아까 그 장난은 뭐야?"

"장난이라니?"

"내가 팔이 맛있다는 둥, 피가 싱싱하다는 둥…."

"무슨 소리야. 나는 그런 말 한 적 없어…."

"아까 전화 끊은 거 맞아? 정말로 끊었어?"

"응. 사실은 끊은 것도 아니고, 저절로 끊겼어. 근데 몇 분 동안 너한테 전화를 했는데 계속 연결이 안 되더라. 열 번은 시도해서 겨우 된 거야, 지금."

그렇다면… 아까의 낮고 거친 목소리는 누구였단 말인가? 진아는 갑자기 소름이 끼쳤다.

그 이야기를 들려주고 일주일 뒤, 진아는 변사체로 발견되었다. 이상하게도, 맹수에게라도 뜯긴 것처럼 오른쪽 팔이 없는 채였다. 그 후로 나는 통화를 하다가 핸드폰에서 잡음이 나면, 그대로 끊어버리게 되었다.

아저씨, 안녕하세요?

현정이라는 친구가 중2 때 겪었던 일이다.

어느 휴일, 느즈막이 일어나보니 부모님은 외출하셨는지 집에 아무도 없었다.

"어, 어딜 가셨지?"

하며, 늦은 아침 겸 점심을 먹고 TV를 보고 있는데 자신의 핸드폰이 울렸다.

"어머, 아저씨. 안녕하세요?"

전화를 걸어온 것은 연희동 아저씨라 부르던, 어릴 때부터 자신을 유난히 귀여워해주던 아버지의 친구분이었다.

"갑자기 웬일이세요? 요즘 바쁘시다더니…. 대학생 되고 한 번도 못 만났네요. 건강하세요?"

현정은 5분 정도 아저씨와 이런저런 이야기를 하고, 근간 한번 찾아 뵙겠다고 말한 뒤 핸드폰을 끊었다. 방에서 음악을 듣고 있는데 부모님이 돌아오는지 두런두런 말소리와 현관문 여닫는 소리가 들렸다. 나와보니, 두 분 다 까만 정장 차림이다.

"이제 오세요?"

하고 인사를 한 현정은 잊어버리기 전에 말씀 드려야겠다 생각하고, 바로 말했다.

"30분쯤 전에 제 핸드폰으로 연희동 아저씨한테 전화 왔었어요."

순간, 부모님의 얼굴 표정이 싹 변했다.

"뭐라구? 그게 무슨 소리냐?"

"연희동 아저씨한테 전화 왔었다니까요. 왜 그러세요? 참, 그리고 보니 아저씨가 내 핸드폰 번호를 어떻게 알았지? 제 핸드폰 번호, 엄마가 가르쳐줬어요?"

현정은 부모님의 표정이 변하는 것을 이상히 여기며 다시 한번 말했다. 그러자, 아버지가 말했다.

"그럴 리가…. 그 친구 어젯밤에 교통사고로 죽었다고 새벽에 연락 와서 우리 지금 그 친구 장례식장에 다녀오는 길이다."

학교, 자동차, 그리고 엘리베이터

소녀의 조각상

　우리 중학교 미술실은 본관 건물에서 50미터쯤 떨어진 별관에 있다. 좀 낡은 건물이라 비 오는 날이면 귀신이 나온다는 소문이 있어, 아이들이 혼자서 가는 것을 꺼리는 곳이다. 아이들이 가장 하기 싫어하는 일 중 하나가 미술 선생님이 미술실 가서 뭐 좀 가져오라고 시키는 것이다.

　우리 반에는 미대지망생인 정연이라는 애가 있었는데, 참 열심이었다. 다른 아이들보다 좀 늦게 시작했지만, 욕심도 많고 재능도 있어서 선생님이 꽤 예뻐하는 애였다. 정연은 선생님께 들은 충고, 기초가 약간 부족하니 데생 연습을 많이 하라는 말씀도 충실히 따랐다. 시간만 나면 미술실에 가서 열심히 데생 연습을 하곤 했던 것이다.

어느 비 오는 날 오후, 수업이 끝나고 다른 아이들은 모두 집에 돌아갔지만, 정연은 오늘도 미술실에서 데생연습을 하기로 마음먹었다.

오늘은 뭘 그릴까 찾던 정연의 눈에 구석에 놓인 조각상 하나가 들어왔다. 자그마한 소녀상이었다. 로댕의 〈소녀〉처럼 해맑은 느낌은 아니지만, 대개의 조각상처럼 그리스식이 아니라 아주 사실적이고 동양적인 조각상이었다.

오늘은 그것을 그리기로 했다. 얼마나 시간이 지났을까. 그림이 완성되었을 때에는 어느덧 11시가 넘었다. 그것을 깨달은 정연은 대충 뒷정리를 하고 흡족한 마음으로 집으로 돌아갔다.

다음날, 정연은 미술 선생님을 만났다.

"선생님, 저 어제도 데생 연습했어요."

"그랬니? 정말 열심이구나. 잘했다. 근데 뭘 그렸니?"

"새로 발견한 소녀의 조각상요. 아주 마음에 들어서 그렸는데, 한번 봐주세요."

"소녀의 조각상?"

미술 선생님은 고개를 갸웃거렸지만, 정연과 함께 미술 실로 갔다.

"이거에요."

정연이 자랑스럽게 내민 스케치북을 본 미술 선생님은 공포에 질린 표정으로

"이, 이 애는… 1년 전에 자살한 미술부 김희랑 아냐…."

엘리제를 위하여

"애, 애, 그렇게 말해도 모르겠니?"

수혜의 눈앞에 펼쳐진 〈엘리제를 위하여〉 악보를 지휘봉으로 탁탁 치며 피아노 선생님이 말했다. 수혜는 피아노를 치던 손을 멈추고 고개를 숙였다.

벌써 피아노를 배운지 꽤 되지만, 다른 애들에 비해 배우는 속도가 떨어지는 수혜는 피아노 학원에 다니기 싫었다. 그러나 엄마가 다른 애들이 다 배우니 너도 안 배우면 안 된다며 억지로 매일 다니게 했던 것이다.

"자, 난 다른 볼일이 좀 있으니 혼자서 연습하고 있어. 선생님 돌아와서는 틀리면 안 돼. 알았지?"

선생님은 심술궂게 말하고 방에서 나가버렸다.

수혜는 다시 손가락을 놀리기 시작했다. 시간이 얼마나 지났을까. 선생님이 돌아왔다. 그때까지도 수혜는 땀을 뻘뻘 흘리며 열심히 건반 위에서 손가락을 놀리고 있었다.

"이제 칠 수 있니?"

선생님이 물었다.

"예에…."

수혜는 가느다란 목소리로 대답했다.

"자, 쳐봐!"

수혜는 〈엘리제를 위하여〉를 치기 시작했다. 그러나 역시 어려운 부분에서 다시 틀리고 말았다. 선생님은 어처구니없다는 듯, 수혜의 머리를 쥐어박았다. 수혜는 원망스러운 눈으로 선생님을 올려다보았다.

"뭘 그렇게 이상한 눈으로 쳐다보니? 네가 잘 쳤으면 내가 이런 말하겠니?"

선생님은 쌀쌀맞게 말한 뒤, 지휘봉으로 머리를 탁탁 쳤다.

"이 정도도 못하니? 자, 다시 쳐봐! 잘 칠 수 있을 때까지!"

하며 선생님이 다시 수혜의 머리를 딱, 때린 순간 수혜는

“악!”

하며 그대로 피아노 건반 앞으로 쓰러졌다.

“수혜야, 수혜야, 어떻게 된 거니?”

놀란 선생님은 수혜를 흔들어보았으나 수혜는 눈을 뜨지 않았다. 머리를 때린 것이 급소인 정수리를 건드리고 만 것 같았다.

“아, 어… 어떡하지? 죽은 거 아냐? 어쩌면 좋지?”

당황한 선생님은 일단 수혜의 시체를 천으로 싸서 붙박이장에 숨겼다.

그날 밤, 잠자리에 들려던 피아노 선생님은 어디선가 들려오는 〈엘리제를 위하여〉에 벌떡 일어났다. 분명히 집안 어디선가 들려오고 있었다. 선생님은 살금살금 피아노실로 다가갔다. 그리고 문을 살짝 열고 안을 들여다보았다. 그 안에서는 수혜가 피아노를 치고 있었다. 선생님은 깜짝 놀랐으나, 아까 잠깐 기절했던 것뿐인가? 다행이다. 생각하고 문을 열고 피아노실로 들어갔다.

“수혜야…. 오늘 연습은 충분하니 이제 집에 돌아가도 좋아.”

그때 수혜가 휙 뒤를 돌아보았다. 무표정한 얼굴이었다. 수혜의 입이 천천히 벌어졌다.

“이 정도도 못하니? 자, 다시 쳐봐. 잘 칠 수 있을 때까지!”

수혜의 입에서 흘러나온 말은 아까 자신이 수혜를 야단치며 했던 말이었다.!

“수, 수혜야….”

선생님은 온몸이 얼어붙었다.

“뭘 그렇게 이상한 눈으로 쳐다보니? 네가 잘 쳤으면 내가 이런 말 하겠니?”

다시 수혜가 말했다.

“무, 무슨 소릴 하는 거니? 수혜야, 선생님이 잘못했다.”

수혜가 일어섰다. 그리고 천천히 다가왔다. 앞으로 팔을 뻗었다. 가늘고 긴 열 개의 손가락이 눈앞으로 뻗쳐오며 중얼거렸다.

“자, 다시 쳐봐. 잘 칠 수 있을 때까지!”

선생님은 놀라서 기절하고 말았다. 수혜의 긴 손가락이 선생님의 목에 잠겼다. 잠시 후, 다시 수혜가 중얼거렸다.

“아, 어… 어떡하지? 죽은 거 아냐? 어쩌면 좋지?”

다음날 아침, 피아노 선생님의 동생이 그 집에 놀러 왔다가 피아노실에서 누군가에게 목이 졸려 죽어 있는 피아노 선생님을 발견했다. 그러나 집안에는 강도나 도둑이 침입한 흔적이 없었다. 현관문은 안으로 잠겨 있었고, 피아노실 문도 닫혀 있었다.

더 이상한 점은 누군가 친 듯, 피아노 뚜껑이 열려 있고, 〈엘리제를 위하여〉 악보가 펼쳐져 있었다는 점이었다. 평소 결벽증이 있었던 피아노 선생님은 무슨 일이 있어도 피아노를 친 뒤에는 반드시 뚜껑을 닫아두었는데 말이다.

1등 축하해

은경이네 반 친구 중에 유난히 사이가 좋은 두 아이가 있었다. 이름은 민지와 채림이로, 둘은 반에서 1, 2등을 다툴 정도로 성적도 좋고, 취향도 비슷한 단짝 친구였다.

그러나 민지는 한없이 착하고 말이 없는 애였던 반면, 채림이는 꽤나 똑 부러지는 성격이었다. 언제나 채림이가 뭘 하자고 제안하면 민지가 고개를 끄덕여 동의하는 식이었다.

부잣집 외동딸로 자라 갖고 싶은 건 뭐든지 가져야 직성이 풀리고, 좋고 싫음이 분명했던 채림이는 독점욕도 강했고, 질투심도 강했다. 사실 둘이 언제나 붙어 다닌 것도 채림이가 다른 아이들이 접근하지 못하도록 막았기 때문일 수 있을 것이다. 그러나 채림이는 언제나 2등이었다. 한번인가 1등을 했던 적이 있지만, 대부분의 시험에서는 거의 언제나 민지가 1등을 했다. 채림은 그런 민지에게 질투심을 갖고 있었다.

수능이 100일도 채 남지 않은 어느 토요일, 민지가 채림에게 말했다.

"우리, 내일 오후에 영화 보러 안 갈래?"

"갑자기 웬 영화?"

채림은 놀랐다.

'지금이 그럴 때인가. 수능이 100일도 안 남았는데. 지금 1시간이 아까운 판에 무슨 소릴 하는 건가.'

그러나 채림의 마음속에서 악마가 속삭였다.

'가자고 해. 그래서 약속을 깨면 되잖아. 그럼 그 시간만큼 민지가 공부를 못하잖아.'

채림은 고개를 끄덕였다.

"그래, 가자."

민지는 기쁘게 고개를 끄덕이는 채림을 보고 말했다.

"고마워. 요즘 왠지 공부도 하기 싫고 해서, 기분전환을 하고 싶었는데. 네가 영화를 같이 봐준다니…."

그러나 일요일인 다음날 오후, 종로에서 만나기로 했던 채림은 약속 시간 1시간이 지나도 나오지 않았다.

민지는 채림의 핸드폰으로 전화를 걸어보고, 집으로도 전화를 해봤지만 아무도 받지 않았다. 걱정이 된 민지는 채림이 혹시 약속 장소를 다른 곳으로 안 건 아닌가, 오다가 사고라도 난 건 아닌가 온갖 상상을 펼치며 불안에 휩싸였다.

이미 영화 표도 사 놓았지만 그 시간은 지난 지 오래였다. 민지는 망설이다 채림의 집에 가보기로 했다. 일산이라 다시 1시간을 가야 하지만, 그래도 채림의 집에 가면 메모를 써 붙여놓을 수라도 있을 테니까. 채림의 집은 일산행 좌석버스 종점이었다. 버스 정류장 앞은 6차선 도로로, 채림의 집은 버스 정류장 건너편이었다. 버스에서 내려서 건너편을 바라본 민지의 눈에 저쪽에 걸어가는 채림의 모습이 보였다.

공부를 하다 콜라가 마시고 싶어 콜라를 사러 나왔던 채림은 갑자기 나타난 민지를 보고 움찔했다.

일단 채림이 무사하다는 것에 반가운 마음에 민지는

"채림아! 어떻게 된 거야! 오늘 약속 잊어먹었어?"

하고 소리치며 무작정 길을 건너려 했다. 그때 저쪽에서 달려오는 승용차가 보였다. 민지는 아차, 싶었으나 이미 늦었다. 끼이이익-- 소름 끼치는 급 브레이크 소리를 내며 차가 멈췄지만, 민지의 몸은 허공에 붕 떠올랐다가 그대로 차 앞으로 떨어졌다. 사람들이 달려갔을 때는 이미 민지는 이 세상 사람이 아니었다.

채림은 눈앞에서 처참하게 죽은 민지를 보고 충격을 받았지만, 최대의 라이벌이 사라졌다는 생각이 먼저였다.

민지가 죽고 2주 뒤에 치른 시험에서 채림은 모두의 예상대로 1등을 했다. 성적표가 나온 날, 채림은 신이 나서 버스에서 내렸다. 건너편에 마침 엄마가 걸어가는 것이 보였다. 채림은 신이 나서 소리치며 횡단보도를 뛰어갔다.

"엄마, 나 1등 했어!"

그때, 엄마가 고개를 돌렸다.

"아악!"

채림은 비명을 지르며 그 자리에 멈춰 섰다. 그 얼굴은 민지였다! 피투성이가 된 민지가 짓이겨진 입술을 벌려 방긋 웃으며 말했다.

"1등 축하해, 채림아."

저쪽에서 트럭 한 대가 채림을 향해 엄청난 속도로 달려오고 있었다.

죽었으면 좋았을 것을…

내 친구 태훈이는 지질학과에 다닌다. 과의 특성상 망치와 끌 등을 둘러매고 혼자서 차를 몰고 자주 강원도로 돌을 채집하러 가곤 하던 친구 태훈이 지난 해 여름방학 때 겪은 일이다.

강원도의 어느 국도를 달리고 있을 때였다. 알다시피 우리나라 국도 표지판은 알아보기 힘들기로 악명이 높다. 역시나 길을 잃고 헤매다, 겨우 다시 표지판을 발견하고 차를 몰았다. 어느 새 날이 저물어 캄캄해졌다. 가로등이 없어 온통 캄캄한 국도를, 상향등을 켜고 달렸다. 그때, 저 앞에서 달리고 있는 차의 꼬리등이 눈에 들어왔다. 왼쪽

등은 불이 나갔는지 오른쪽 등만 빛나고 있었다. 한밤중에 국도를 달려본 사람은 알 것이다. 그런 불빛 하나가 얼마나 반갑고 마음 든든한지….

얼른 상향등을 꺼 보통의 헤드라이트로 바꾼 뒤 태훈은 그 차를 따라잡기 위해 바짝 다가갔다. 꼬불꼬불한 오르막길을 차는 한없이 달려갔다. 얼마나 달렸을까…. 갑자기 앞 차의 불빛이 없어졌다.

"어, 어디로 갔지?"

도중에 빠지는 길도 없었거니와, 그랬더라도 불빛이 굽어지는 것이 보였을 터인데…. 이상하게 생각한 태훈은 급브레이크를 밟았다. 그리고 앞을 자세히 본 순간, 태훈은 깜짝 놀랐다. 앞은 절벽이었던 것이다!

"혹시 나를 도와준 수호신 같은 것이었을까?"

태훈은 어쨌거나 고마운 일이라 생각하며 차를 돌려 다시 꼬불꼬불한 국도를 급히 내려갔다. 그때 뒤에서 중얼거리는 소리가 들려왔다.

"죽었으면 좋았을 것을…."

꼬마야, 서 있으면 안 된다

주말에 충주의 부모님을 찾아 뵙고 돌아오는 길이었다. 고속도로를 한창 달리던 영철은 앞 차에 탄 아이가 계속 신경에 거슬렸다. 유치원생쯤 되어 보이는, 사내아이였는데 시속 100킬로미터가 넘게 달리고 있는 차 뒷좌석에 서서 자신을 쭉 바라보고 있는 것이었다.

"저놈 보게… 위험하게. 부모는 뭘 하는 거야? 자기 애 단속 좀 하지. 쯧쯧…"

영철은 혼자 중얼거리며 브레이크를 밟아 앞 차와의 간격을 좀더 넓혔다. 얼마나 달렸을까. 앞 차가 휴게소로 들어갔다. 영철도 마침 목이 마르던 터라 따라 들어갔다. 주차장이 많이 비어 있어 앞 차 바로 근처에 주차시킬 수가 있었다. 그리고 그 차에서 젊은 남녀가 내렸다.

"어, 애는 벌써 내렸나?"

영철은 한 마디 해두는 게 안전하지 않을까 싶어 그들에게 다가갔다.

"저기, 실례합니다."

"예?" 남녀가 동시에 영철을 보고 대답했다.

"아까 고속도로에서 제 차 앞에 달리셨는데요…."

"아, 예…."

"아드님이 계속 자리에서 서서 저를 보더라구요. 고속도로에서 어린아이가 서 있는 채로 달리는 건 너무 위험하지 않습니까?"

"예엣?"

그들의 눈이 동그래졌다.

"그게 무슨 말씀이세요. 저흰 결혼한 지 2개월 됐고, 애도 없어요."

이번에는 영철이 놀랐다.

"제가 분명히 봤는데요."

"그럴 리가 있나요."

남녀는 웃으며, 바빠서 이만 실례, 하고 저쪽으로 가 버렸다. 영철은 너무나 어처구니가 없어 다시 그들 뒤를 따라가 보기로 했다.

분명히 휴게소에서는 그 아이가 없었다. 고속도로에 접어들어 다시 앞 차가 속력을 냈다. 그러자 다시 앞 차의 뒤 유리창에 아까의 꼬마애가 불쑥 나타나는 것이 아닌가!

아이는 영철을 보며 서늘한 미소를 지어 보이며, 손가락으로 V자를 그려 보였다.

영철은 그만 자기도 모르게 브레이크를 밟았다.

저주 받은 자동차?

1914년, 제1차 세계대전의 발단이 되었던 세르비아의 수도 사라예보에서의 오스트리아 황태자 부처 암살 사건을 아는가? 암살당할 당시 프란츠 페르디난트 황태자가 타고 있었던 빨간색 오픈 카에는 '저주'라고 밖에 설명할 수 없는 이야기가 얽혀 있다.

먼저, 최초에 그 오픈 카를 타고 사라예보를 방문했던 황태자 부처가 암살당했다. 그 뒤 그 빨간 차는 사라예보의 주지사 것이 되었는데, 그는 황태자가 달렸던 길을 달리다 갑자기 도로로 뛰쳐나온 어린이를 피하려다 벽에 부딪혀 한쪽 팔을 절단했다. 운전을 할 수 없게 되자 운전사를 고용했는데, 어느 날 작은 시골동네를 지나다 자동차가 전복되어 운전수와 함께 목이 부러져 사망했다.

이어서 그 자동차는 주지사와 평소 친분이 있던 의사의 것이 되었다. '저주'가 붙어 있다는 주위의 말을 무시했던 그 의사는 몇 주 후 머리가 자동차 바퀴에 깔려 숨진 채 발견됐다.

다음에는 의사의 친척인 사업가가 그 차를 사들였다. 어느 날 오르막길을 올라가다 자동차의 시동이 꺼졌다. 사업가는 때마침 뒤에서 마차를 끌고 따라오던 농부에게 자동차를 끌어달라고 부탁했다. 말에 자동차를 묶어 오르막길을 오르는 도중, 갑자기 자동차에 시동이 걸리며 엄청난 스피드로 달린 차는 말과, 말을 몰던 농부를 치어 죽였다. 그 직후 급정거, 운전석에 타고 있던 사업가는 그대로 자동차 앞 유리를 뚫고 튕겨나가 목이 부러져 절명했다.

그 후 문제의 자동차는 파란색으로 다시 칠해져 경매에 붙여졌다. 이번에 그 차를 산 세르비아의 한 시민은 5명의 친구들을 태우고 달리다 벽에 전속력으로 돌진, 전원 사망했다. 그 뒤로도 6명이나 주인이 바뀌었지만, 6명의 새 주인들을 죽인 뒤 최후에는 빈에 있는 박물관에 전시되게 되었다.

1944년, 자동차를 빈으로 갖고 온 박물관장은 차를 전시한 날 밤, 목이 몸에서 분리되는 꿈을 꾸었다고 한다. 그리고 다음 날 오후, 문제의 차를 닦던 중 연합군이 투하한 폭탄이 차에 맞은 뒤 폭발, 산산조각 난 자동차 앞에서 폭탄 파편에 맞아 목이 잘려 사망했다.

이 세상엔 저주 받은 물건이 정말 있는 것일까….

동승자

일산에 사는 내 친구가 들려준 이야기다. 어느 날, 갑자기 나이트에 가고 싶어진 친구가 남자 친구에게 전화를 했다. 남자 친구는 흔쾌히 그러자고 하자 데리러 오기로 했다. 친구의 집은 아파트 10층이었다.

엘리베이터가 오자, 타면서 1층을 눌렀다. 엘리베이터는 천천히 내려갔다. 밤이 깊었는지라 탄 사람은 자기뿐이었다. 그런데 갑자기 엘리베이터 안의 버튼 4층에 불이 켜졌다. 그리고 내려가던 엘리베이터가 4층에 서고, 문이 열렸다. 그러나 아무도 없었다.

"뭐야… 장난하나."

남자 친구는 투덜거리며 닫힘 버튼을 눌렀다.

차를 타고 나이트로 향하며 남자 친구는 그 이야기를 했
다. 그 말을 들은 내 친구는,
　"야, 무서워! 엘리베이터 안의 버튼은 탄 사람만 누를 수
있잖아!"
하며 무섭다는 듯 귀를 막았다.

앞자리의 하얀 팔

내 친구 진석의 형 경석은 서울에서 대전까지 출퇴근하는 공무원이다. 매일 서울역에서 KTX를 타고 대전까지 다니는데, 그 형이 기차 안에서 겪은 일이다.

어느 초여름 날 꽤 늦은 밤, 퇴근하는 길이었다. 야근을 했기 때문에 평소보다 상당히 늦게 퇴근하게 되었다. 그 덕인지 열차 안에는 사람이 아주 적었다. 자리에 앉아 웃옷을 벗고 넥타이를 조금 풀었다. 초여름이었음에도, 30도를 넘는 더위 탓인지 상당히 지쳐 있었다.

좌석에는 사람들이 띄엄띄엄 앉아 있었다. 맞이한 좌석에 둘이 앉아 있는 자리도 드물었을 정도로 한가로웠다. 경석의 앞에는 아무도 없었고, 그 너머에도 한 사람만 앉아 있는 듯 했다. 기지개를 켜는 듯, 쭉 뻗은 가냘픈 하얀 두 팔이 눈 앞의 좌석 위로 불쑥 솟아올랐으니까.

'앗, 여자인가 보군….'

은근히 호기심이 생겼지만, 처리해야 할 일이 잔뜩 밀려 있었다. 그래서 경석은 평소처럼 잠을 자지 않고 일을 하기로 했다.

얼마나 시간이 지났을까. 문득 유리창을 보았다. 산그늘이 진 어둠 속에 불빛이 점점이 빛나는 야경이 펼쳐지고 있었다. 유리창에 비친 자신의 얼굴을 보다가, 문득 앞자리 여자 얼굴을 볼 수 있으리란 생각이 들었다. 얼굴이나 한 번 보자, 하고 앞자리 쪽 유리창으로 시선을 옮겼다. 그러나 앞자리에는 아무도 없었다. 텅 빈 좌석만 비칠 뿐이었다.

'뭐… 뭐야… 왜 이러지?'

형은 깜짝 놀라 앞자리를 다시 흘끔 훔쳐보았다. 분명히 앞자리에 앉은 사람이 팔걸이에 팔을 걸치고 있는 것이 보였다. 유난히 하얀 팔이 보였다. 소매 없는 셔츠를 입었는지 팔만 보였다.

'이럴 수가… 내가 잘못 봤나?'

형은 다시 유리창을 보았다. 분명히 앞자리는 빈 좌석뿐
이었다. 좌석시트만 비치고 있을 뿐이었다.

'그럼, 지금 내 눈앞에 있는 저 하얀 팔은 뭐지?'

순간, 형은 등줄기에 식은땀이 쭉 흘렀다. 그리고 감히
자리에서 일어나 앞자리에 앉은 사람의 얼굴을 확인할 엄
두도 못 내고, 황급히 멀찍이 떨어진 뒷자리로 자리를 옮
기고 말았다.

쟤는 왜 빼?

중앙로에서 친구를 만나기로 하고 송현역에서 지하철 1호선을 탔다. 마침 빈 자리가 있어 음악을 들으며 지하철에 흔들리던 그는 얼핏 잠이 들었다. 꿈 속에서도 그는 지하철을 타고 있었는데, 사람이 별로 없었다. 그가 앉은 자리 맞은편에 두 명의 남자가 앉아 토론 비슷한 이야기를 하고 있었다. 그 이야기가 얼핏 들려왔다.

"몇 명이 좋을까?"

"글쎄⋯."

학생은 그 이야기를 귀 기울여 들었지만 무슨 소린지 알아들을 수 없었다.

"음, 192명이군."

"193명인데?"

순간, 한 남자와 그 학생의 눈이 딱 마주쳤다. 그 남자는 학생을 손으로 가리키며 말했다.

"쟤는 왜 빼?"

순간, 학생은 깜짝 놀라 깨어났다. 때마침 지하철이 역에 정차해 사람들이 내리고 있었다.

"내려요! 내려요!"

자기도 모르게 자리에서 벌떡 일어나 허둥지둥 사람들을 헤치고 내렸다. 역에서 한동안 멍하게 서 있던 그는 정신이 들자 그 곳이 중앙로역이 아니라, 반월당역임을 깨달았다.

"뭐야, 한 정거장 전이잖아…."

투덜거리며 다음 지하철을 타고 갈 생각으로 역에서 기다렸다. 그러나 지하철은 좀처럼 오지 않았다.

"왜 이렇게 안 오는 거야?"

그때 지하철 안내방송이 나오기 시작했다.

'안내말씀 드리겠습니다. 당 역은 선발열차의 지연으로 열차 운행이 지연되고 있습니다. 승객 여러분은 잠시만 더 기다려주시기 바랍니다. 열차가 지연되어 대단히 죄송합니다. 현재 상황을 파악하고 있는 중입니다.'

그러나 열차는 더 이상 오지 않았다. 아니, 올 수 없었
다. 그가 내렸던 바로 그 지하철이 다음 역인 중앙로역에
서 불이 나 192명이 죽고 150여명이 다치는 대형 참사가
일어났으니까.

삼풍백화점 쇼핑백

삼풍백화점이 무너진 뒤, 그 근처에서 죽은 사람들을 봤다는 둥, 밤중에 흐느껴 우는 소리가 들려온다는 둥, 이런저런 소문이 많이 떠돌았다. 이것은 지난 해 봄, 삼풍백화점이 있었던 곳의 바로 앞에 위치한 택시 정류장에서 박명철이라는 택시 기사가 겪은 일이다.

그날도 택시 정류장에는 많은 택시가 줄지어 손님을 기다리고 있었다. 명철은 자판기 커피를 마시며 주위를 멍하게 바라보고 있었는데, 앞차의 문이 열리고 같은 회사 동료인 김씨가 내렸다.

"커피 마실 건가?"

명철이 커피를 권했지만, 김씨는 됐다며 담배를 한대 피우고 서둘러 택시로 돌아갔다.

명철이 남은 커피를 마시고 있는데 김씨의 택시 문이 열렸다. 그러더니 사람도 타지 않았는데 문이 탕, 하고 닫혔다. 요즘 자동문이 등장한지라 신기해서 테스트해보고 있나, 싱거운 놈이네, 생각했는데, 김씨는 미터기를 꺾더니 그대로 출발했다.

'이상한 놈이네…. 손님도 안 탔는데 어디를 가는 거지?'

이상한 생각이 들었지만, 손님이 타는 바람에 명철도 택시를 출발시켰다. 하루 일과가 끝나고 돌아오니, 어쩐 일인지 회사가 소란스러웠다. 명철을 보자 동료들이 저마다 떠들어댔다.

"김씨가 유령을 태웠다는디…."

"혹시 아까 낮에 서초동에서 태운 거 아녀?"

"어떻게 알고 있는겨?"

한 동료가 수상하다는 듯이 물었다.

"낮에 내 앞에 있었는데, 갑자기 빈 차를 몰고 출발하기에 이상하다고 생각했는데…."

"아니라니까!"

얼굴이 아직도 하얗게 질린 채 김씨가 말했다.

"분명히 유치원생쯤 된 아이를 데리고 있는 젊은 여자가 탔단 말이요. 분명히 커다란 삼풍백화점 쇼핑백을 세 개나 들고…."

"요즘 삼풍백화점 쇼핑백이 어디 있나, 이 사람아!"

다시, 스승의 날이에요

다시 5월 15일이 돌아왔다. 장호의 부모는 걱정이 태산이었다. 스승의 날을 빌미로 분명히 장호 담임 선생님이 촌지를 달라고 할 텐데…. 그러나 빠듯한 살림살이에, 그럴 여유가 없었다.

지난해까지 장호는 성격이 밝고, 공부도 잘하는 아이였지만, 5학년에 올라간 후 유난히 말수가 적어졌다. 슬쩍 이유를 물어보자, 선생님이 자기를 너무 미워한다며 학교 가기 싫다고 했다. 다른 아이들에게는 별 것 아닌 일에도 칭찬하고 사탕도 주지만, 자기는 툭하면 벌 세우고, 잘못도 없는데 꿀밤을 맞는다고 했다.

그 중에서도 같은 반 문수란 아이 때문에, 장호가 특히

괴로워하는 것 같았다. 문수는 동네에서 가장 넓은 평수의 아파트 단지에 사는 부잣집 외아들이었고, 장호와는 1, 2등을 다투는 사이기도 했다. 그러나 수업시간에 아는 문제가 나와 장호가 손을 들어도 선생님은 늘 손을 들지도 않은 문수에게

"문수는 알고 있지? 대답해볼까?"

하고 묻곤 한다고 했다. 스승의 날, 오후에 한 통의 전화가 걸려왔다.

"여보세요?"

"여보세요? 장호 엄마 되세요? 여긴 병원인데요. 장호가 죽었으니 빨리 오세요!"

하는 것이 아닌가. 허겁지겁 병원으로 달려갔으나 장호는 이미 죽어 있었다. 어떻게 된 거냐고 물었더니, 스승의 날 행사가 끝난 뒤 학교 옥상에서 뛰어내렸다고 한다. 장호의 가방 안에는 유서가 들어 있었다.

오늘은 스승의 날이다. 그러나 우리 집에는 선생님께 드릴 돈이 없다. 더 이상 학교 다니기 싫다. 선생님은 나랑 문수가 싸우면 맨날 나만 머리를 쥐어박고 벌을 세우신다. 사실 문수가 먼저 싸움을 걸었는데. 선생님은 나만 미워하고… 그러나 나는 이유를 안다. 왜 선생님이 나를

미워하는지. 그건 우리 집에서 돈을 안 드렸기 때문이다.
오늘은 스승의 날. 오늘이 너무 괴롭다…. 엄마, 미안해
요. 하지만 이렇게 하는 것이 가장 좋다고 생각했어요….

  장례식이 끝나고 몇 주 뒤, 이번에는 장호와 같은 반 친
구 문수가 옥상에서 뛰어내렸다. 경찰에서는 자살이라고
판정했다. 문수가 뛰어내릴 때 옥상에는 아무도 없었고,
아래에서 문수가 뛰어내리는 모습을 본 아이들도 혼자 있
었다고 말했다. 옥상의 울타리를 혼자 건너와, 한참을 몸
을 뒤틀다가 떨어졌다는 것이다. 하지만 뭔가가 이상했다.
  문수의 윗도리는 누군가에게 잡아 뜯겨진 듯 단추가 하
나도 남지 않았고, 뭔가에 찢긴 듯 너덜거리고 있었다. 문
수의 표정은 심하게 일그러져 있고, 크게 뜬 눈은 뭔가에
놀란 듯, 공포에 질려 있었다. 손목에도 누군가에게 세게
잡힌 것처럼, 시뻘건 손가락 자국이 뚜렷하게 양쪽 손목에
남아 있었다. 무엇보다, 바로 아래에서 본 아이들은 문수
가 외치는 소리도 들었다고 한다.
  "자… 장호야… 싫어, 난 죽기 싫어… 잡아당기지 마…
장호야, 미안하다니까…."

2차 방정식

내가 고등학교 다닐 때 이야기다. 같은 반에 영자라는 애가 있었다. 그 애는 정말이지 노력파였다. 수업시간에도 언제나 선생님의 말을 열심히 들었고, 시험기간엔 거의 밤을 새면서 공부를 했다. 그러나 딱하게도 영자는 성적이 별로 좋지 않았다. 노력에 비하면 터무니없이 낮은 하위권이었다. 그런 영자를 몇몇 아이들은 "재수없다"며 은근히 왕따시키고 있었다.

비가 내리던 어느 날, 마지막 수업인 수학시간이었다. 불행히도 영자가 가장 못하는 과목이 수학이었다. 수학 선생님은 칠판에 2차 방정식 문제를 쓰고, 그날이 19일이었

기 때문에

"19번, 나와서 풀어봐."

했다. 19번은 영자였다. 영자는 머뭇거리며 나갔지만, 당연히 풀지 못했다.

가만히 분필을 쥐고 한참을 서 있는 영자를 보고 수학 선생님은 화가 나서 말했다.

"이 문제를 풀기 전까지는 집에 가지 마!"

그 동안 영자를 왕따시키던 아이들은 은근히 고소해했다. 영자가 뒤에서 소근소근 가르쳐주는 아이들의 말에 따라 문제를 풀다 그만 분필을 떨어뜨렸다. 왕따 아이들 중 리더 격이었던 하나라는 애가 그 틈에 재빨리 튀어나가 칠판의 숫자 하나를 슬쩍 지워버렸다. 그리고는,

"어머, 미안! 지워졌네. 다시 써줄게."

하고는 전혀 엉뚱한 숫자를 써주었다. 영자는 문제의 숫자가 바뀐 것을 깨닫고 당황해서 얼굴이 새빨개졌지만 평소 말이 없고 조용한 성격이라 아무 말도 못했다.

그날 저녁, 영자는 집에 돌아오지 않았다. 그리고 다음 날부터 학교에도 나오지 않았다. 실종 신고가 되고 경찰이 동원되어 사방을 수색했으나 영자는 영영 돌아오지 않았다.

그리고 나서 며칠 뒤부터 영자의 반 교실에서는 밤만 되면 타닥, 타닥하고 칠판에 분필로 글씨를 쓰는 소리와 함께,

"루트 3엑스 제곱 플러스 7엑스 제곱은⋯."

하고 중얼거리는 소리가 들려온다는 것이다. 영자가 영원히 풀지 못한 그 문제를 지금도 풀고 있는 것일까. 아이들은 무서워했다.

몇 주 뒤, 방과후였다. 당번이었던 하나는 다른 애들보다 하교가 조금 늦었다. 주섬주섬 가방을 챙기고 있는데, 뒤에서 갑자기 소리가 이런 들려왔다.

"루트 3엑스 제곱 플러스 7엑스 제곱은⋯."

거기서는 웃지 마라?

우리 학교 컴퓨터 제2실의 2번째 줄 2번째 컴퓨터 2번째 스피커의 볼륨을 키우면 아이들의 웃음소리가 들린다는 소문이 퍼져 있다. 그래서 그 자리에는 아무도 앉으려 하지 않는다. 막무가내로 아이들이 그 자리를 거부하는 바람에 선생님도 포기하고 그냥 그 자리는 비워두고 있었다.

어느 날, 종규라는 아이가 친구 몇 명과 컴퓨터실에서 늦게까지 놀고 있었다. 그러다 문득 종규가,

"야, 우리 저거 한번 켜볼래?"

하고 문제의 2번째 줄 2번째 컴퓨터를 가리켰다.

"그래. 한번 해볼까?"

아이들은 호기심에 차서 그러기로 했다. 종규가 컴퓨터를 켰다.

그리고 초기화면이 나타나기를 기다렸다. 아무 일도 없었다.

종규가,

"뭐야, 아무것도 아니잖아."

하는 순간,

"하하하하하하."

뒤에서 아이들이 웃는 소리가 들려왔다.

"왜 웃어? 뭐가 웃겨?"

하며 종규가 고개를 돌리자, 아이들이 이상하다는 듯 말했다.

"우린, 안 웃었는데? 웃음소리라니?"

도서관 4층, 4층, 4층

그 일은 내가 대학 2학년생이었던 2년 전 5월에 일어났다. 눈부신 계절의 여왕 5월이 하릴없이 지나가고 있었다. 밤새 술 마시고 노래하던 축제 기간도 꿈처럼 지나가버리고 중간고사가 시작된 5월말이었다.

중간고사 기간의 중앙도서관은 24시간 개방되었고, 밤이 깊도록 도서관은 학생들로 꽉 채워져 있었다. 모두들 축제가 언제 있었냐는 듯, 창백한 형광등 아래 엎드려 책과 씨름하고 있었다. 내일 전공 시험이 있었던 나도 친구들과 함께 그 밤샘의 대열 속에 있었다. 생각만큼 시험공부가 잘 되지 않고, 답답해져 잠시 바람이라도 쐬고 오려고 자리에서 일어났다.

어느 틈에 밤이 깊어 있었다.

역사가 오래된 우리 학교 도서관은 고풍스러운 4층짜리 석조건물이었고, 천장이 아주 높아 형광등 불빛도 상당히 어두웠다. 도서관은 1층부터 4층까지가 모두 열람실이었다. 나와 친구들은 4층에 자리잡고 있었다. 1층 로비의 자판기에서 커피를 뽑아 들고 밖으로 나가 시원한 공기를 마시며 커피를 마셨다. 도서관 건물 위의 시계가 새벽 2시를 가리키고 있었다.

"슬슬 들어가볼까…."

기지개를 켜며 도서관에 다시 들어가, 엘리베이터 앞으로 슬슬 걸어갔다. 어두컴컴한 로비를 가로질러 엘리베이터 단추를 눌렀다. 4층에 멎어 있던 엘리베이터가 내려왔다. 문이 열리자 엘리베이터에 탄 뒤 4층 단추를 눌렀다.

"시험공부 하느라 얼굴 망가진 거 봐라, 아, 불쌍한 내 청춘…."

하며 엘리베이터 안의 거울 보기에 여념이 없던 나는 땡, 소리가 나고 엘리베이터 문이 열리자 무의식적으로 내렸다. 왜냐하면 타고 있던 사람은 나뿐이었고, 그러니 당연히 4층에서 섰을 거라 생각했기 때문이다. 그러나 내린 곳은 4층이 아니었다. 아니, 2층도, 3층도 아니었다. 그냥 캄캄한 어둠 속이었다. 분명히 도서관 건물 안인 것 같은데, 열람실도 없었고, 사람들의 모습도 없었고, 불도 켜져 있지 않았다. 왠지 기분이 나빠진 나는 다시 엘리베이터 안으로 들어가려 했다. 그러나 엘리베이터 문이 닫히더니 그대로 내려가버렸다. 하는 수 없이 더듬더듬 계단을 찾아 걷기 시작했다.

그런데 로비 저쪽에 강의실 문이 나타났다. 문이 조금 열려 있어 안이 보였다. 한 쌍의 남녀가 끌어안고 있었다. 남자의 등과 등을 끌어안은 여자의 손이 보였다. 어둠 속에서 그 손이 유난히 하얗게 보였다. 왠지 섬뜩한 느낌이 들어 살금살금 그 자리를 벗어나려 했는데, 그 순간 여자의 커다란 눈과 정통으로 마주쳤다. 길고 검은 머리의 여자는 남자의 어깨 너머로 나를 지그시 노려보고 있었다.

'헉!'

나는 재빨리 돌아섰다. 계단은 왜 그렇게 안 나타나는지…. 겨우 계단을 발견해서 구르듯 뛰어내려갔다. 지금 당장이라도 그 여자가 뒤쫓아와 내 덜미를 잡을 것 같았다. 그리고 나를 노려보던 커다란 눈, 유난히 새하얀 손가락이 떠올랐다. 그런데 계단을 내려가도 도서관 열람실은 나타나지 않고, 위층과 똑같은 로비와 강의실 문이 보였다.

"왜 이러지?"

나는 다시 강의실 문 쪽으로 다가간 순간, 나는 놀라 기절할 뻔했다. 아까의 남녀가 여전히 똑같이 끌어안고 있었던 것이다.

"이게 어떻게 된 거지?"

나는 몸이 얼어붙어 움직일 수가 없었다. 분명히 한 층 내려왔는데…. 나는 어서 빨리 내려가 도서관의 불빛과 사람들을 만나고 싶었다. 무서웠다. 움직이지 않는 다리를 억지로 움직여 다시 계단을 내려갔다. 다시 한층 아래. 그러나 거기도 도서관은 아니었다. 여전히 어둡고 캄캄한 로비와 조금 열려 있는 강의실 문. 거기에, 거기에…. 조금 전의 남녀가 여전히 똑 같은 자세로 끌어안고 있었다. 여자의 커다란 눈과 다시 마주쳤다. 몸이 오싹했다. 분명히 3개 층을 내려왔다고 생각했는데, 나는 똑 같은 장소를 맴돌고 있었던 것이다!

'아악!'

나는 정신 없이 계단을 마구 뛰어내려왔다. 몇 백 개나 될 듯한 계단을 내려왔을까. 문득 정신을 차려보니 도서관 열람실 앞이었다.

열람실로 뛰어들어가니, 사람들 틈 속에 친구들의 얼굴
이 보였다. 친구들 얼굴이 그렇게 반가웠던 적이 없었다.
나의 새파랗게 질린 내 얼굴을 본 친구들에게 지금 사건을
이야기해주었지만 아무도 믿어주지 않았다.

"너, 시험공부를 너무 열심히 한 거 아니냐. 그러니까 내
가 너무 열심히 하지 말랬지."

"사람이 평소처럼 살아야지… 갑자기 공부를 하니까 그
렇지."

"어디 가서 졸다 와서 무슨 소리 하는 거야."

모두들 그렇게 말하며 웃고 떠들었다. 그러나 나는 분명
히 보았다. 그 여자의 창백하고 새하얀 손과 나를 노려보
던 그 커다란 눈. 여러분은 믿어줄 수 있는가?

… 그날 이후 나는 도서관에 가지 않는다. 절대로.

눈 감지 마라?

　　막내 삼촌이 농구를 하다 대퇴부 골절을 당해 3주 간 병원에 입원을 하였다. 평소 몸 움직이는 것을 좋아하던 삼촌은 가만히 누워 있어야 하는 것이 거의 고문에 가까운 일이었다. 친구들이 문병 오는 것 말고는 멀리 떨어진 흡연실로 가서 담배 한 대 피우는 것이 거의 유일한 낙이었다.

　　삼촌이 입원한 병실은 3층이었고, 흡연실은 7층이었다. 어느 날 밤, 갑자기 담배를 피고 싶어진 삼촌은 휠체어를 타고 흡연실로 가기 위해 엘리베이터 버튼을 눌렀다.

　　평소 늘 붐비는 병원 엘리베이터지만 시간이 늦은지라 아무도 타고 있지 않았다. 삼촌은 휠체어를 움직여 엘리베이터를 타고 7층 버튼을 눌렀다. 그런데 엘리베이터 벽에

커다란 거울이 있다는 것을 알아차렸다. 병원 엘리베이터
에도 거울이 있었나… 생각한 삼촌은 찬찬히 거울을 들여
다보았다. 거울 속에 비친 자신의 얼굴이 꽤 잘 생겼다고
생각하면서 계속 바라보고 있었다. 거울 속의 자신이 속눈
썹이 길고 시원스럽게 생긴 눈을 깜박였다.

"역시. 난 잘 생겼다니까…."

그런데 뭔가 이상하다. 뭘까… 한참을 생각한 삼촌은 깜
짝 놀랐다.

거울에 비친 자기 얼굴이 눈을 깜박이고 있는 것이다.
자신의 얼굴이 비친 것이라면, 자신이 눈을 감은 모습이
보일 리가 없지 않은가!

삼촌은 그날 밤 이후 엘리베이터를 타지 않음은 물론,
담배도 끊었다.

중고차 사지 마라?

친구가 중고차를 샀다. 흰색 소형차로, 상태도 좋고, 성
능도 맘에 든다고 좋아했다. 그러나 어느 날, 친구를 만났
더니, 그 차를 팔았다고 했다.

"왜?"

내가 묻자, 친구는 기분 나빠서, 라고 간단하게 대답했
다. 이유인즉, 그 차가 원래 흰색 이었는데 어느 날 저녁 어
스름 무렵에 문득 보니 운전석 앞 범퍼에 불그스름한 얼룩
이 묻어 있었다는 것이다. 어디서 묻었지? 생각한 친구는
그 얼룩을 닦아내려 했으나 닦아지지 않았다. 게다가 그
얼룩의 형태가 꼭 손자국 같았다. 그러나 기름걸레로 닦으
니 닦였다.

　며칠 뒤, 우연히 여자 친구와 함께 차를 타고 드라이브
를 하다가 어느 카페 앞에서 멈췄다. 주차를 하는 동안 먼
저 내린 여자 친구가 주차를 도와주겠다며 앞으로 돌아가
더니, 갑자기 비명을 질렀다.

　“자기, 이게 뭐야?”

　“뭐?”

　놀란 그가 뛰어나가보니, 며칠 전과 같은 얼룩이 좀더
진한 붉은 색으로 뚜렷하게 생겨 있었다.

　“뭐야 이거. 기분 나빠. 피 묻은 손자국 같잖아.”

　여자 친구는 그의 팔에 매달리며 무서워했다.

　“별 거 아니야. 어디서 묻었지?”

　그는 여자 친구를 달래며, 얼룩을 닦아냈다.

　다시 며칠 뒤, 아침에 출근을 하려 지하 주차장으로 간
그는 놀라 그 자리에 멈춰 섰다.

　자신의 차에 생긴 이상한 손자국 모양의 얼룩이 피처럼
붉게 칠해져 있고, 그 손자국은 하나가 아니라 대여섯 개
가, 그것도 앞 유리창을 향해 기어오르듯 지그재그로 덕지
덕지 생겨 있었던 것이다.

앞차 지붕 위의 여자

친구 동생이 화창한 주말에 가족동반으로 강원도의 콘
도에 갔다 돌아오는 길이었다. 국도를 달리고 있을 때 갑
자기 뒤차가 가까이 따라붙었다.

"어, 왜 그러지?"

하고 생각했지만, 앞질러 가려고 하나보다, 생각하고 비
상등을 켜고 갓길로 붙으며 속도를 줄여주었다. 그러나 뒤
차는 앞질러 가지는 않고 그들처럼 속도를 줄이며 계속 따
라왔다. 그러더니 이번에는 빵빵, 하고 클랙슨을 울리기
시작했다. 그 차는 동생의 차에 접근하다 싶으면 떨어지
고, 떨어지나 싶으면 다시 다가왔다. 그러나 결코 앞질러
가려고는 하지 않는다. 그러면서 깜박깜박, 하며 상향등을

켜는 등 계속 뭔가 불만을 표하는 듯했다. 자신들이 너무 천천히 달리고 있는 것도 아닌데, 뒤차에 뭔가 운전예의를 안 지킨 걸까. 알 수 없었다. 한참을 달리니 저 앞에 국도 휴게소의 불빛이 어렴풋이 보였다.

"저 휴게소에 들렀다 가요, 여보. 뒤차 너무 기분 나빠."

"그러지구."

동생은 부인의 말에 따라 휴게소로 들어갔다. 그런데 뒤차도 따라서 휴게소로 들어오는 것이었다. 기왕 이렇게 된 잘됐다 싶어 이유를 따져 보려고 동생은 저쪽에 주차한 뒤차로 다가갔다. 그런데 그 차 문이 열리더니 운전사가 새파랗게 질린 얼굴로 뛰쳐나오는 것이었다.

"괜찮으십니까?"

"예?"

"당신 차 지붕에 있던 사람 말입니다! 당신 차 지붕에 달라붙어 앞 유리창으로 당신을 내려다보던 머리 긴 그 여자 말이오."

"에엣?"

"그래서 내가 그렇게 클랙슨을 울리고, 멈추라고 신호를 보냈는데도 당신이 계속 달려서 혹시 사고라도 나면 어쩌나 하고 얼마나 걱정했던지…."

한밤의 해부실습실

고등학교 3년 간 밤낮 없이 공부한 형은 마침내 명문대 의대에 입학했다. 입학한 지 얼마 지나지 않아, 형은 과 선배들에게 이상한 이야기를 들었다. 오래 전부터 전해져 내려오는 이야기라고 한다.

의대라면 당연히 해부가 중요하다. 그 대학은 지하실에 해부실습실이 있었는데, 어느 여름 날 6명이 한 조가 되어 해부실습 중이었다. 문득 한 명이 시계를 보니 밤 11시가 넘었다.

"너무 늦은 거 아니냐? 배도 고픈데, 슬슬 정리하고 나머진 내일 하자."

다른 사람들은 모두 찬성했으나, 악바리로 소문난 하연
이라는 여학생만

"그럼 먼저들 가. 내가 마무리 짓고, 뒷정리도 하고 갈
게."

하고 자청했다.

"넌 여자 애가 무섭지도 않냐?"

다른 애들이 놀렸으나 하연은 태연했다.

"그래 봤자 실습용 시체일 뿐인데 뭐. 설마 깨어나서 날
물어뜯기라도 하겠냐, 좀비도 아니고."

하연은 아무렇지도 않게 말했다. 다른 사람들이 먼저 나
간 해부실에서, 하연은 홀로 해부에 열중하고 있었다. 다
음날 아침, 수업시간에 하연은 보이지 않았다. 결석 한 번,
지각 한번 안 하기로 유명하던 하연이라, 다들 이상하게
생각했다.

"어떻게 된 거지? 하연이가 결석을 다 하고."

"글쎄 말이다. 전화 좀 해봐."

그러나 하연은 핸드폰도 받지 않았다.

"어디 아픈가."

"이따 수업 끝나고 걔 하숙집으로 한번 찾아가보지 뭐."

친구들은 혹시나 하는 생각으로, 강의가 끝난 뒤, 지하실에 있는 해부실에 들어가 보았다. 그런데 이게 웬일인가! 해부실 문을 열자, 그 앞은 온통 붉은 피로 범벅이 되어 있었다. 그리고 피범벅이 된 바닥에 하연이 쓰러져 있었다. 머리카락은 산발이 되어 있었고, 스스로 쥐어뜯었는지 머리카락도 여기저기 뽑혀 있었다. 손가락은 손톱이 모두 빠져 너덜거리고 있었고, 해부실 철문엔 10개의 붉은 줄이 선명하게 세로로 그어져 있었다.

"이게 어떻게 된 거야! 하연아!"

"몰라! 하연아! 정신차려!"

당황한 아이들이 하연의 상태를 살폈지만, 하연은 뭔가 공포에 질린 듯, 일그러진 얼굴로 죽어 있었다. 그때 저쪽에서 다른 친구가 비명을 질렀다.

"으악! 이게 뭐야!"

친구들이 달려가보니 어젯밤 자신들이 해부하다 말았던 시체가, 해부대 위에 똑바로 누워 있었다.

입에 하연의 머리카락을 한 웅큼 문 채로.

기숙사에서 생긴 일

내 친구 건태는 예전에 전교생이 기숙사 생활을 하는 고등학교를 다녔다. 서울이 아닌 지방에 지어졌지만, 스파르타식 교육 덕분에 대학 입학성적이 좋아 한동안 학부모들이 자신의 아이를 그 고등학교에 넣으려고 대소동이 난 적도 있었을 정도의 학교였다.

그 기숙사는 지어졌을 당시부터 선배로부터 후배에게 괴담이 전해져, 이런저런 소문이 있었다고 한다. 교정과 기숙사 바깥으로는 아직도 무덤이 자리하고 있는데, 밤이 되면 새카만 어둠 속에 어린애를 안은 젊은 여자가 나타난다고 하는 이야기가 있었다. 정말인지는 모르지만, 그것을 목격했다는 학생들이 대소동을 일으켜 기숙사 전체가 패

닉 상태에 빠진 적이 있었다.

　유령 소동이 있고 며칠 후, 건태는 한밤중에 기숙사 화장실에 갔다. 볼일을 마치고 손을 씻으려다 문득 세면대에 걸린 거울에 눈길이 갔다. 자신의 바로 등 뒤에 어린애를 안은 젊은 여자가 서 있었다. 놀란 건태는 그 길로 화장실을 빠져 나와 자고 있는 룸메이트를 두들겨 깨웠다.

　"야…야… 뭐야, 왜 그래?"

　"나… 나… 봤다…."

　"뭘?"

　"유… 유… 유령…. 봤어…."

　"어디서?"

　자다가 깨 짜증난 얼굴이던 룸메이트의 눈이 동그래졌다.

　"화… 화장실에서…. 그 있잖아. 애를 안은 젊은 여자…."

　그때 사감 선생이 방에 나타났다.

　"왜 이렇게 시끄러워? 취침시간 지났지 않나?"

　"서… 선생님…. 유령이… 유령이…."

　"또 그 이야기냐? 세상에 유령 따윈 없다니까!"

　완고한 사감 선생은 시끄럽다고 야단만 치고 그들의 말

을 믿어주려 하지 않았다. 그러나 두 사람이 정말로 봤다고 완강하게 주장하자, 하는 수 없다는 듯이 말했다.

"정말이지 말도 안 되는 소리를 하는구먼. 알았다. 내가 가보고, 유령 같은 건 없다는 걸 증명해주지."

예전에 럭비선수이기도 했던 사감 선생은 큰소리를 치며 나갔다. 방안에서 숨죽이며 사감을 기다렸지만, 돌아오지 않았다.

"그냥 가버린 거 아냐?"

건태와 룸메이트는 거의 뜬눈으로 밤을 지새다가 새벽에 잠들어버렸다. 다음날 아침 잠에서 깨어난 건태는 다른 아이들을 몰고, 화장실로 향했다. 그런데 사감 선생이 벽에 딱 붙어, 가만히 서 있었다. 하룻밤을 새운 모양이다. 그런데 사감 선생의 얼굴이, 같은 사람인가 싶을 정도로 반쪽이 되어 있었다. 화장실에 들어온 학생을 보자마자,

"화장실 거울을 전부 떼내!"

하고 큰소리를 질렀다. 그날 아침, 화장실의 거울은 전부 떼어졌다. 그리고 결국 사감 선생은 화장실뿐만 아니라, 기숙사의 욕실, 로비, 학생들의 방에 있는 모든 거울을 다 떼어내게 했다고 한다. 화장실에서 그날 밤 무슨 일이 있었는지는 아무도 모른다.

분신사바 하는 법

　분신사바는 귀신과 대화를 할 수 있다고 해, 여학생들 사이에서 크게 유행했던 놀이. 분신사바 하는 법은 지역에 따라 조금씩 다르지만 대체로 다음과 같다. 그러나 경험자들은 절대 하지 말 것을 강력히 권유하고 있다. 호기심에 한번 했다가 귀신이 안 떨어지는 무서운 후유증으로 고생한다는 것. 또 귀신과의 대화 중 절대로 자기 마음대로 대화를 끊어서는 안 된다고 한다.

인원 : 2인 이상(혼자서도 가능하기는 하다고 한다)

준비물 : 종이와 볼펜

방법 :

1. 테이블 앞에 마주 앉는다.

2. 두 사람이 오른손을 엄지손가락을 제외한 나머지 네 손가락만으로 느슨하게 마주 쥔다. 이때 주의할 점. 손을 꽉 잡으면 안 되며 손과 손 사이에 공간이 있어야 한다. 또

하나. 분신사바를 하는 사람들이 진심으로 귀신을 부르고 싶어해야 한다는 것.

3. 그 느슨하게 빈 공간에 볼펜을 넣는다.

4. 볼펜 밑에 종이를 놓아 둔다.

5. 주문을 외운다. 주문은 다음과 같다.
"분신사바 분신사바 오이데 구다사이!"

6. 주문을 몇 번 외운 후 귀신에게 말을 건다. 귀신이 왔다면 손 안의 볼펜이 똑바로 서거나 저절로 움직인다고 한다. 질문은 되도록 예, 아니오로 대답할 수 있게 단순하게 한다. 이때 주의할 점, 손에 힘을 주면 절대 안 된다.

7. 끝난 뒤엔 반드시 주술을 풀어줘야 한다. 귀신을 쫓는 주문을 외운 뒤, 손등을 때리고 동그라미를 그린다. 그렇지 않으면 귀신이 떨어지지 않고 그 사람 주위를 맴돈다고 한다.

녹색 승용차의 비밀

친구들과 함께 여름 휴가를 맞아 해수욕장에 다녀오던 길이었다. 2박 3일 간 신나게 놀고 돌아오는 길, 번갈아 운전을 하며 고속도로를 달리고 있었다. 차가 막히지 않는 밤에 서울로 돌아오기 위해 일부러 저녁까지 놀고 날이 저물어서야 출발했다.

밤이 깊어감에 따라 고속도로에는 차들이 하나 둘 사라져가고 이윽고 달리는 차가 아주 뜸해졌다. 우리는 140킬로 정도로 신나게 속도를 높여 달렸다. 그때 우리 옆으로 녹색의 고급스런 세단 하나가 나타나더니 스윽 조용히 속도를 높여 순식간에 앞으로 달려가 사라졌다.

"야, 역시 좋은 차는 다르군. 속력 죽이네."

"색깔도 다시 칠했나 봐. 되게 특이한 녹색 아니냐? 돈 있는 놈은 역시 다르다니까."

우리들은 부러움 반 질투 반으로 그 차를 이러쿵저러쿵 품평하며 계속 달렸다.

몇 분이나 지났을까. 다시 녹색 세단 하나가 우리 옆을 스쳐 빠른 속도로 지나갔다.

"아까 그 차랑 같은 거 아냐?"

"그렇지? 너도 봤냐?"

우리는 좀 기분 나쁜 생각에 이번 차에 대해서는 입을 다물었다.

그때였다. 다시 우리 차의 옆으로 녹색 세단 하나가 나타나더니 순식간에 달려 모습을 감추었다. 아주 조용히. 아무리 고급 승용차라도 해도 시속 170킬로미터 이상으로 달리는데 아무 소리가 안 날 수가 있을까? 우리는 그제서야, 좀 이상하다, 생각했다. 게다가 같은 차종, 같은 색깔?

그때 운전대를 잡고 있던 민석이 좀 망설이듯이 말했다.

"야, 좀 전의 녹색 차… 좀 이상하지 않냐?"

"왜, 왜?"

모두 덴 듯 화들짝 놀라며 물었다.

“사실은… 백미러에 안 보였다, 그 차.”

“그게 무슨 소리냐?”

“내가 조금 전까지 우리 뒤에 아무 차도 없는 것을 백미러로 봤다구. 근데 아까 그 녹색 차는 백미러에 안 비쳤어. 만약 우리 뒤에서 달려왔다면 내가 그 차 헤드라이트 불빛을 느꼈을 거 아냐. 근데 세 대 모두 못 봤다구. 그런 불빛….”

옆에서 내가 달리고 있다!

  지난해 대학을 졸업하고 요행히 방송국에 취직한 친구 선태가 작년 여름에 혼자서 여행을 갔다가 겪은 일이다.
  드라이브를 아주 좋아해 취직하자마자 무리하게 할부로 중고 소형차를 샀던 선태는 금요일 저녁 일을 마치자마자 혼자서 차를 몰고 경부고속도로를 달려 부산까지 신나게 달려갔다. 부산에 사는 친구도 만날 겸, 오랜만에 고속도로도 달릴 겸, 평소 좋아하는 바다도 볼 겸해서였다.
  해운대에서 새벽을 맞은 선태는 기분 좋게 자판기 커피를 한 잔 마시고 근처 횟집에서 전복 죽으로 가벼운 아침을 먹었다. 바닷가를 한 바퀴 돈 다음 잠시 차 안에서 잠을 잤다. 대여섯 시간 잔 뒤, 친구에게 전화를 해 해운대 앞 카페에서 만났다. 이런저런 이야기를 나누다 보니, 어느 새 5시였다.

"이제 그만 출발해야겠다."

"벌써 가려고? 오늘 밤 우리 집에서 자고 가지 그러냐. 여기까지 왔는데."

친구는 만류했지만, 선태는

"일요일에 다른 약속이 있어서 안 되겠다. 다음에 와서 자고 가지 뭐."

친구와 헤어진 선태는 다시 자판기 커피 한 잔을 빼 마시고, 맑아진 머리로 서울로 돌아오기 위해 출발했다. 주말을 맞아 경부고속도로는 하행선은 붐비고 있었지만, 상행선은 꽤 기분 좋게 속도를 내서 달릴 수 있었다. 6시쯤 출발, 12시가 안 되었을 때에는 경기도에 접어들었다.

"잠시 휴게소에나 들렀다 갈까…."

거의 다 왔다는 생각에 잠시 휴게소에 들렀다. 벌써 시간은 밤 12시가 다 되어 휴게소에는 사람이 많지 않았다. 화장실에 들렀다가, 원두커피도 한 잔 마시고, 다시 차에 올랐다. 밤이 깊어진 탓인지 고속도로로엔 차가 거의 없었다.

CD 플레이어에서 나오는 댄스 음악에 맞춰 핸들을 두들기며 신나게 달리던 선태는 문득 옆 차선에 조금 앞질러 자기 차와 똑같은 차종에, 똑같은 빨간 차가 달리고 있음을 알았다. 처음 나왔을 때는 젊은 층에 꽤나 인기를 얻었지만, 지금은 이미 생산이 중단된 차라, 요즘은 길에서 보기가 상당히 힘든 터. 반가운 생각이 들었다. 문득, 운전사는 누구일까, 궁금해졌다.

'혹시 내 또래의 젊은 여자라면? 흐흐, 이것도 어쩌면 인연일지도….'

선태는 운전사를 보기 위해 조금 속도를 내어 옆 차에 따라붙었다.

"앗!"

운전사 얼굴을 본 순간, 선태는 깜짝 놀랐다. 어둠 속에 어렴풋이 보이는 그 차의 운전사는, 바로 자신이었던 것이다! 그때, 저쪽에 있던 자신도 고개를 돌려 자신을 보았다. 한 순간 눈이 마주치자 씨익 웃는 것이었다!

선태는 깜짝 놀라 브레이크를 밟았다. 그러나 옆 차는 그대로 속도를 내어 달려갔다.

"이럴 수가!"

　한 순간 등골이 오싹했던 선태는 도저히 믿을 수가 없어
다시 속도를 내어 그 차를 따라가보기로 했다. 그러나 아
무리 속도를 내어 봐도 그 빨간 차는 보이지 않았다. 한참
을 달려보았지만, 찾을 수가 없었다.

　그건 도플 갱어였을까?

맨 마지막 칸은 '사용금지'

서울 근교에 있는 어느 고등학교에는 오래된 기숙사가 있다. 예전에는 여자 기숙사였다고 하지만, 지금은 남자애들이 쓰고, 방학에는 야구부가 합숙소로 사용하기도 한다. 소문이지만, 예전에 그 기숙사 화장실에서 여자 아이가 목을 매고 죽었다고 한다.

그 후에 건물 자체는 수리해서 완전히 새 건물이 되었다. 하지만 이상하게도 화장실만은 그대로여서 기분 나빴다. 특히 여자 아이가 죽었다는 가장 안쪽의 화장실은, 열지 않는 화장실이 되어 있다. 지금도 그 화장실에는 열쇠가 채워져 사용금지 팻말이 붙어 있다.

올 봄에 신입생 지훈이가 야구부에 들어왔다.

어느 날 밤, 지훈은 소문을 모른 채 화장실에 갔다. 화장실 문은 3개가 있었다. 첫 번째 화장실 문을 노크하자, 똑똑, 하고 안에서 답이 왔다. 두 번째 화장실 문을 노크했다. 거기도 똑똑, 하고 답이 왔다. 이어서 가장 안쪽 화장실 문을 노크했다. 안에 사람이 없는지 답이 없이 그대로 문이 열렸다. 지훈이는 그 곳으로 들어가 볼일을 봤다.

그런데 일을 마치고 돌아오자 야구부 선배가 기다리고 있었다.

그는 잔뜩 화가 난 목소리로 말했다.

"말없이 어딜 갔다 온 거야?"

"저기… 화장실에 갔었습니다."

"뭐라구? 그런데 왜 불러도 아무 대답도 안 한 거야."

"아닌데요. 아무 소리도 못 들었습니다. 그리고 금방 나왔습니다."

선배가 무엇을 생각했는지 다시 물었다.

"화장실 어디로 갔었나?"

"그… 그건… 왜입니까? 화장실 세 칸 중 맨 마지막 칸으로… ."

선배의 얼굴빛이 확 변했다.

"마지막 칸? 거길 들어갔다구? 어떻게?"

"노크했더니 대답이 없어서 그냥 들어갔는데요."

"그 곳은 열쇠가 채워져 아무도 못 들어가는 곳인데…."

비둘기 소리?

어느 대학 기숙사에서 일어났던 일이다. 이 기숙사의 가장 안쪽 방에 민수의 선배가 살고 있다. 그 선배의 방에서는 비둘기가 나온다고 한다. 아침이 되면, 자고 있는 선배의 머리맡에 어디선가 날아온 한 마리의 산비둘기가 춤추듯 내려앉아 구구, 하고 울어댄다고 한다. 아침잠이 많은 선배는 그 울음 소리에 잠이 깨도 한참 동안 이불을 뒤집어쓰고 멍하게 누워 있다고 한다. 한참 뒤 겨우 일어났을 때는 이미 비둘기는 어디론가 날아가버린 뒤라는 것이다. 그래서 비둘기의 모습을 본 적은 한 번도 없다고 한다.

선배가 외박을 했을 때, 그 비둘기가 민수의 방에 나타났다.

아침이 되자 듣던 대로, 비둘기 소리가 들려왔다.

구구구구….

'어라, 선배가 없으니까 내 방으로 온 건가?'

잠이 덜 깬 채 민수는 멍하게 생각했다. 비둘기 소리는 점점 민수의 머리맡으로 다가왔다.

그때였다. 민수는 갑자기 가위에 눌렸다.

'아앗!'

움직이려 했으나 몸이 움직이지 않았다.

구구구구….

비둘기 소리는 점점 가까워져 왔다. 순간,

'아니야, 틀려!'

하는 생각이 들었다. 그러면서 온몸이 얼음처럼 얼어붙었다.

지금까지, 구구구구… 하는 소리가 비둘기 소리라고 생각했으나, 그 '소리'는 비둘기가 아니라 사람 목소리라는 것을 알아차렸기 때문이다.

크으윽… 크으윽….

웃음을 참을 때 새어 나오는 것 같은 소리. 아니, 괴로움을 견딜 때 내는 신음 소리.

그 소리는 머리맡에서, 그것도 바닥에서 몇 센티미터 떨어진 아래에서 들려오고 있는 것이다. 그 목소리는 점점 민수의 귀 근처로 다가왔다. 그러나 가위에 눌린 몸을 움직일 수가 없어 그 소리의 주인공을 볼 수가 없다. 아니, 볼 수 없는 것이 오히려 나을지도 모른다는 생각이 들었다. 머릿속에서는 온갖 상상이 떠올랐다.

크으윽… 크으윽… .

잠시 뒤 몸이 풀리기 시작했다. 그러나 그 소리가 점점 멀어지기 시작했다. 머리를 움직일 수 있게 되었을 때는 이미 그 목소리는 방에서 멀어져 가고 있었다.

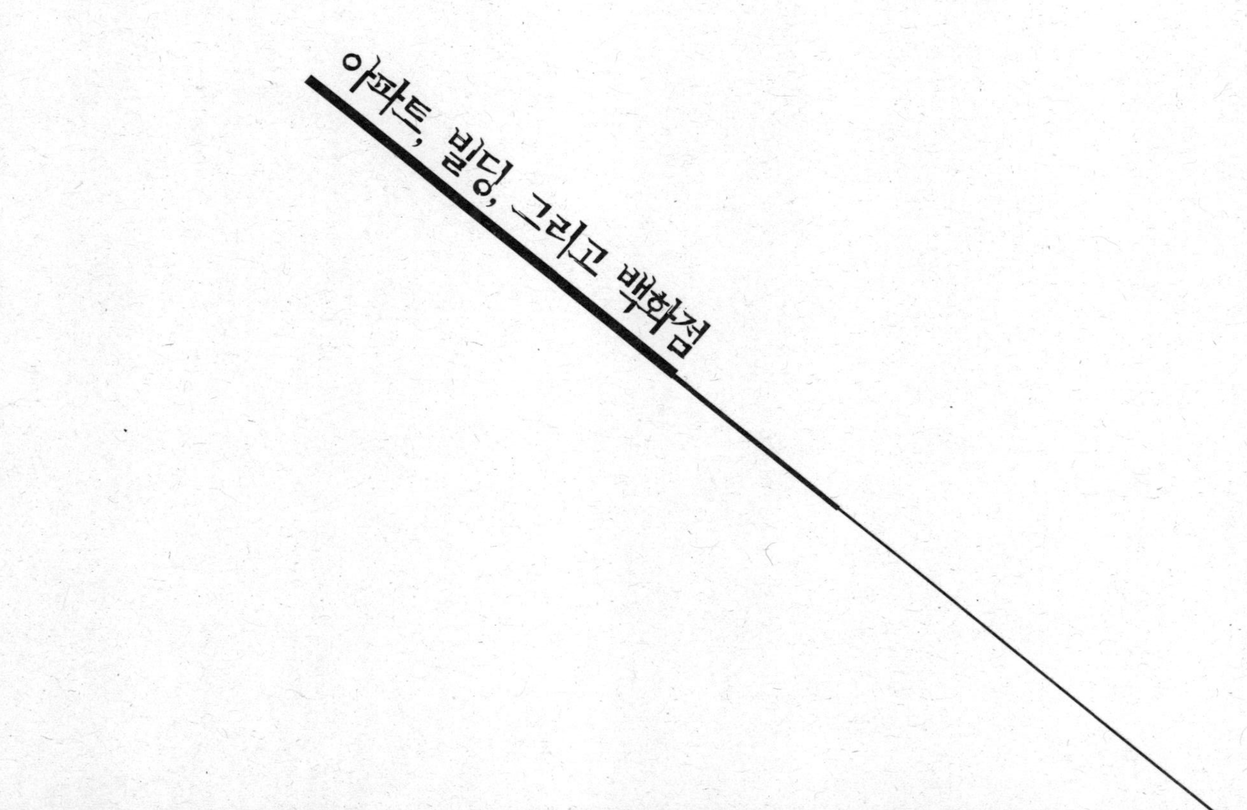

아파트, 빌딩, 그리고 백화점

불 켜지 마라

고등학교 때부터 동창이었던 동희와 선영이라는 두 명
의 여학생이 있었다. 사이 좋게 같은 대학에 진학한 두 사
람은 룸메이트가 되어, 작은 원룸형 아파트를 빌려 자취를
하고 있었다.

어느 토요일 밤, 미팅에서 만나 잘 되어가고 있는 남자
와 심야영화를 보기로 한 선영은 밤늦게 외출 준비를 하였
다. 리포트 마감을 하느라 지친 동희는 일찍 잔다면서 부
러운 듯 선영에게 말했다.

"누군 좋겠다. 데이트도 하고."

"아직 데이트는 아니야. 참, 이따 들어올 때 뭐 좀 사다
줄까?"

"아니야. 이제부터 잘 거야. 사흘 연속 리포트 쓰느라 잠을 못 잤더니 피곤해 죽겠다."

"알았어. 그럼 자라. 난 나갔다 올게."

집을 나서 약 10분쯤 걸어가야 하는 버스 정류장까지 걸어가 버스를 기다리던 선영은 자신이 맡아두었던 영화 예매 표를 서랍 속에 두고 온 것을 깨달았다.

'앗, 이런.'

평소 꼼꼼한 편이라 그런 건 자기가 더 잘 챙긴다며 남자애한테서 표를 뺏어온 게 실수였다. 선영은 투덜거리며 다시 집으로 향했다. 동희는 이미 잠들었는지 방에 불이 꺼져 있었다. 방문을 연 선영은 잠든 동희에게 방해가 되지 않도록 방의 불을 켜지 않고 어둠 속을 더듬어 들어가 서랍을 열고 영화표를 찾았다.

심야영화를 보고 간단한 아침을 먹고 아침 8시쯤 집에 돌아온 선영은 방문을 열자 소스라쳤다. 동희가 피투성이가 된 채 칼에 찔려 죽어 있었다.

"이게 어떻게 된 거야! 동희야, 동희야!"

선영의 소리에 놀라 이웃에서 사람들이 몰려들었다. 경찰에 신고한다 어쩐다 어수선한 와중에 누군가 소리를 질렀다.

"앗! 저기!"

그 사람이 가리키는 대로 화장대 거울을 본 선영은 기절
할 뻔했다. 그 곳에는 빨간 립스틱으로 이렇게 씌어 있었
다.

"불 켰으면 너도 죽었어."

침대에서 내려가!

내가 고등학생일 때의 일이다. 중학교 때부터 동창이었고, 같은 아파트 단지에 살던 유미라는 친구가 있었다. 유미는 침대를 무척 갖고 싶어했다. 요즘 아이들은 누구나 침대에서 자는데 자신은 요와 이불이라며, 늘 툴툴거리곤 하던 유미가 어느 날, 침대가 생겼다고 좋아했다. 알고 보니 먼 친척 뻘 되는 아주머니의 딸이 교통사고로 죽어서 그 애의 물건을 처분하는데, 마침 침대가 있어 유미 어머니가 유미를 위해 침대를 얻어오셨다고 한다.

그런데 어느 날, 유미가 수척한 얼굴로 나를 찾아왔다. 그러더니 내 방에 들어오자마자,

"나 지금 몹시 피곤한데, 좀 자도 되겠니?"

하고 부탁하는 것이었다. 나는 좀 의아했지만, 너무나 피곤한 얼굴을 한 유미를 보고 고개를 끄덕였다.

몇 시간 동안 곤히 자고 일어난 유미는 부스스한 얼굴로 일어나, 옆에서 책을 보고 있던 나에게 말을 걸었다.

"뭐해?"

"일어났어?"

유미는 내가 갖다 준 오렌지 주스를 마시더니, 말했다.

"요즘 잠을 통 못 잤어."

"그런 것 같더라, 무슨 일 있어?"

유미의 얼굴이 좀 겁에 질려 있는 것 같아, 나는 물었다.

"혹시 내가 자다가 침대 밑으로 내려가지 않았어?

"아니. 왜?"

"사실은…."

일주일쯤 전 어느 날 아침의 일이었다. 엄마가 내 방에 들어오더니 큰소리로,

"애, 유미야, 너 웬일이니? 왜 멀쩡한 침대를 두고 맨바닥에서 잠을 자고 있어?"

유미가 눈을 떠보니 자신이 방바닥에서 베개도 베지 않

고 드러누워 있는 것이 아닌가. 이상하다? 분명히 어젯밤 침대에서 잠이 들었던 기억이 있는데. 그러다 문득 생각이 났다.

지난 밤 꿈속에서, 천장에서 한 젊은 여자가 나타나 "내려가서 자!"하고 소리를 지르던 것이.

그리고 자신이 "제가 지금 피곤하거든요."했던 것도 기억이 났다.

그러나 그 여자가 계속 "내려가서 자!"하고 우기는 바람에 하는 수없이 침대를 양보하고 바닥으로 내려왔던 것이다. 그로부터 일주일간 계속 똑같은 꿈을 꾸었고, 깨어나면 늘 바닥에 있는 것이다.

더욱 이상한 것은 아침에 일어나보면 침대의 이불과 베개는 깔끔히 정리되어 있었다는 것이다. 그리고 몸은 마치 밤새 돌아다니기라도 한 것처럼 무겁고, 피곤했다는 것이다.

방안의 온기

강남의 고급 아파트에 사는 한 친구의 이야기다. 그가 자고 일어나 기지개를 펴며 하품을 늘어지고 한 순간, 오른손 끝부분만이 이상하게 따뜻함을 느꼈다.

'어라?'

이상하게 생각하며 손을 거두었다. 그러자 그 온기는 느껴지지 않았다.

'어떻게 방안의 한 부분만 온도가 다를 수 있지?'

키가 큰 친구의 손이 닿은 부분이니, 천장에서 20센티미터 정도 내려온 곳이었다. 다시 손을 뻗어본다. 아까와 달리 온기가 느껴지지 않았다. 그러나 다음날, 우연히 전기 스위치 대신 천장의 형광등 끈을 당겨 불을 켜려 한 순간,

역시 손끝 근처에서 어제의 온기가 느껴졌다.

'앗,'

친구는 바로 손을 거두었다. 그러나 다시 손을 휘저어보았을 때는 그 온기는 느껴지지 않았다고 한다.

그 온기는 무엇이었을까?

엄마, 팔 치워

서울 근교에 새로 생긴 신도시의 새 아파트에 입주한 친구 누나가 다섯 살이 된 아이와 나란히 누워 낮잠을 자고 있었다. 갑자기 누나는 가위에 눌렸다. 뭔가 무거운 것이 몸을 짓누르는 느낌이 들었지만, 몸을 움직이려 해도 움직일 수가 없었고, 눈을 돌릴 수도 없었다.

'무거워…. 어떻게든 풀어야 할 텐데….'

생각만 하고 있을 뿐, 어떻게 해볼 도리가 없었다. 시간이 얼마나 지났을까. 서서히 손발이 자유로워지고, 무겁게 몸을 짓누르고 있던 것이 옆으로 굴러 내려간 듯한 느낌이 들며 몸도 서서히 가벼워졌다.

'휴….'

가위에서 벗어난 것에 안도의 한숨을 쉬고 있는데 갑자기 옆에서 자고 있던 아이가 몸을 뒤틀며 괴롭게 소리치는 것이 아닌가.

"엄마, 팔 치워… 무겁잖아, 무겁다니까…."

입원실 4층 창문 곁은…

작년에 작은 삼촌이 교통사고로 병원에 입원했을 때 겪은 일이다.

고속도로에서 운전을 하다 추돌사고를 당했다. 정신을 차려보니 병원의 침대였다. 그렇게 대단한 상처는 아니었지만, 전신에 타박상을 입은 탓에, 특히 가슴 근처가 아팠다.

입원한 날 밤이 되었다. 체력도 조금 회복되어, 배가 고파왔다. 병원의 저녁식사는 왜 그렇게 빠른 지, 그리고 얼마나 맛이 없는지. 어떡할까 생각하고 있는데, 문득 밖에서 소리가 들려왔다.

"김밥 사려, 찹쌀떡 사려!"

다행히, 삼촌의 침대는 창가 자리였다. 일어서기가 힘들어, 그냥 아저씨를 불렀다.

"아저씨! 병실 안이라 나갈 수가 없어서 그런데요, 창문으로 김밥 좀 건네주세요."

"그러슈."

대답이 들려오고, 잠시 기다리자 아저씨가 창가에서 김밥을 건넸다.

"여기 있수다."

"아, 고맙습니다. 잠깐만요, 얼마죠?"

"2천원이유."

1만원 지폐를 내밀자, 거스름돈 8천원이 돌아왔다.

"매일 여기를 지나가니까, 내일도 필요하면 부르슈."

아저씨는 친절하게 말했다. 그리고는 다시,

"김밥, 찹쌀떡."

하고 소리치며 멀어져 갔다. 이상하게도 김밥 몇 개밖에 안 먹었는데도 배가 불러왔다. 그냥 버리자니 아깝고 해서, 그냥 머리맡 탁자에 두었다. 그리고는 바로 잠이 들었다. 다음날 아침, 아침 회진을 하러 의사와 함께 들어온 간호사는, 김밥을 보고 깜짝 놀랐다.

"이건, 뭐죠? 어제 밤에만 해도 없었는데."

"아, 그게 말이죠. 죄송합니다. 실은 어젯밤 너무 배가 고파서 그만…."

"김밥 장수가 여기까지 들어왔단 말인가요?"

간호사는 화난 목소리로 다그쳤다. 다른 환자들은 무슨 영문인지 몰라, 그냥 멀뚱하게 바라보고 있었다. 이제 경비들은 큰일났다, 라고 생각하고 있는 듯했다.

"아니요. 들어온 건 아닙니다. 창문으로 주고받았습니다."

"뭐라구요? 저 창문으로?"

순간, 간호사와 환자들이 일제히 창문으로 놀란 눈길을 돌렸다. 그리고 모두 순식간에 표정이 굳어졌다.

"저기… 왜 그러시죠?"

"왜 그러냐구요? 여기는 4층입니다."

"엣!"

"아, 어제 입원해서 모르고 계셨군요."

"하지만, 분명히…. 말도 안 돼요. 분명히 김밥을 창문으로 받았고, 거스름돈도…."

"그렇다면, 어떤 김밥 장수였죠?"

"그냥…. 아주 평범한 아저씨라고나 할까…. 앗, 오늘밤도 여기를 지나간다고 했습니다."

“그래요. 이상한 일이네요. 그렇다면 오늘밤 그 사람이 지나가면 저를 불러 주세요.”

다시 밤이 되었다. 역시 비슷한 시간대, 김밥 장수의 목소리가 들려왔다. 삼촌은 바로 간호사를 호출했다.

“어젯밤의 김밥 장수가 왔는데요.”

“저 김밥 장수인가요?”

“예. 틀림없습니다.”

“알겠습니다. 그럼 제가 나가보죠.”

간호사는 황급히 병실을 나갔다.

“아저씨….”

간호사의 목소리가 들려오고, 어찌어찌, 이야기를 주고받는 소리가 들려왔다. 잠시 후 간호사가 돌아왔다.

“어떻게 된 거랍니까?”

“그게 말이죠. 이상하다고 하네요. 어젯밤 이 병원의 환자에게 김밥을 팔았냐고 물었더니 그렇다고 하더라구요. 그래서 어떤 병실이었냐고 물었더니, 1층 병실이어서 창문으로 건네주고 1만원을 받고 거스름돈 8천원을 주었다고 하더군요. 정말로 1층이었냐고 몇 번이나 확인했더니, 분명히 1층이었다고….”

“거 참, 이상하네….”

“글쎄 말이에요. 그 아저씨도 놀랐죠.”

“왜요?”

삼촌은 되물었다.

“우리 병원 1층 병실에는 도둑을 막기 위해 전부 쇠창살이 끼워져 있어서 들어올래야 들어올 수가 없거든요. 그 아저씨도 제가 그 말을 하니 병실 창문을 보더니, 어, 정말 그렇네, 어젯밤에는 그렇지 않았는데, 하고 깜짝 놀라더라구요.”

“정말 이상하네요.”

그날 이후로도 김밥 장수는 매일 밤 지나갔지만, 그런 일은 다시 일어나지 않았다고 한다.

에스컬레이터의 검은 귀부인

　　강남의 명품점으로 유명한 어느 백화점에서 일어난 일
이다.

　　어느 날 친구의 어머니가 시어머니 생신 선물을 사기 위
해 그 백화점에 갔을 때 겪으신 일이라고 한다. 다른 볼일
이 있어 허겁지겁 백화점에 도착했을 때는 거의 폐점시간
이 다가왔다. 핸드백이나 구두 등 잡화매장은 그 백화점 1
층에 있었기 때문에 친구 어머니는 지하 주차장에 차를 대
고, 올라가는 엘리베이터를 탔다.

　　그런데 엘리베이터가 고장인지 아무리 버튼을 눌러도
움직이지 않았다. 웬일인지 주변에는 아무도 없었다고 한
다.

"하필이면 내가 탔을 때 고장이 날게 뭐람."

친구 어머니는 속이 상했지만 어쩔 수 없이 엘리베이터에서 나와 에스컬레이터를 탔다. 1층에 도착했을 때는 거의 손님이 빠져나가고 점원들은 점포를 정리할 준비를 하고 있었다. 그때 문득 눈을 돌려 자신이 타고 올라온 에스컬레이터를 보았다. 나이 지긋한 한 부인이 타고 올라가는 것이 보였다. 검은 모자를 눌러쓰고 고개를 숙이고 있는 그 부인은 검은 재킷에 검은 긴 치마를 입고 있었다.

에스컬레이터가 차츰 올라오면서 그 부인의 모습이 점점 드러났다. 그런데… 치마 아래로 분명 있어야 할 다리가 없었다!

거울 속, 불길한 그림자

지난 해 여름, 내가 즐겨보던 영화잡지 편집실에서 일어난 일이라고 한다. 그 편집실은 강남구 학동의 어느 빌딩 5층에 있었는데, 그 층에는 유령이 나온다는 소문이 있었다.

잡지 일은, 기자들이 철야로 마감을 해야 하는 경우가 자주 있다. 하지만 건물 경비 위탁회사는, 밤 10가 넘으면 각층의 방화철문을 닫아버린다. 그 곳을 나가려면 인터폰으로 연락을 해서 수위의 도움을 받아야만 한다. 게다가 자정 이후에는 건물 주 현관문도 방화철문을 내려버려 건물의 출입구가 완전히 봉쇄되고 만다. 자정 이후에는 건물 뒷문으로 출입하게 되어 있다. 가끔 한밤중에 마감 독려

차 잡지의 필자 등이 야식거리를 사 들고 놀러 오는 경우가 있었으니까.

어느 날, 새벽 2시경에

키키키키－－－

하는 소리가 들리며 철문이 콰탕－ 하고 닫히는 소리가 났다. 그것도 빌딩 안에 다 들릴 정도로 커다란 소리. 그리고 복도를 터벅, 터벅, 터벅… 하고 걷는 발소리가 들렸다. 누군가 오는 건가? 하고 생각했지만 그 소리는 딱, 편집실 앞에서 멈추고, 더 이상 발소리가 들리지 않았다.

신경이 쓰여 문을 열어보아도 복도에는 아무도 없었다. 그 무거운 철문이 바람이나 누군가의 손에 의해 열릴 가능성은 거의 제로였다. 바람이 불어 흔들릴 가능성은 더욱 없었다.

어느 날 밤, 편집실에는 여느 때처럼 6,7명이 남아서 마감 중이었다. 도중에 고참 기자 하나가 화장실에 갔다. 그는 큰일을 보기 위해 하나뿐인 화장실로 들어갔다. 볼일을 보고 있는데, 복도 쪽에서 터벅, 터벅, 터벅 하는 발소리가 들려왔다. 끼익, 하고 화장실 문이 열렸다.

그는 누군가 들어왔나 보다 생각하고 그대로 문 아래의

틈으로 바깥을 살폈다. 그러자 사람 그림자 같은 것이 어른어른 움직이고 있다. 그리고 갈색 남자 구두가 보였다.

'앗, 내가 나오기를 기다리고 있는 건가.'

화장실이 하나밖에 없기 때문에 그는 마음이 급해져, 대충 볼일을 보고 재빨리 화장실에서 나왔다.

아무도 없었다.

'어떻게 된 거지?'

그는 뭔가 이상하다고 생각했다. 그 사람이 화장실에서 나갔다면, 문 여닫는 소리가 났을 텐데, 자신은 분명히 그런 소리를 듣지 못했던 것이다. 그러자 문득, 유령이 나온다는 소문이 머릿속에 떠올랐다.

"아니지, 이건 그런 소문을 이용해 나를 놀리려는 편집부 후배 놈들의 장난일 것이다. 내 이 놈들을 그냥…."

약간 화가 난 그는 그대로 편집실로 달려갔다.

"화장실에 들어왔다 그냥 나간 놈, 누구야?"

약간 화가 난 목소리로 소리를 질렀다. 조용히 마감 중이던 선후배들이 모두 놀라 컴퓨터에서 고개를 들고 그를 쳐다보았다. 그러나 아무도 말이 없었다.

"누구냐니까? 화장실에 왔다 그냥 나간 놈?"

그러자, 선배 기자가 말했다.

"너 말고 사무실을 나간 사람 없는데. 왜 그래?"

하고 오히려 갑자기 큰소리를 내서 사람 놀래 키지 말라며 그를 나무라듯 말했다.

"아니야, 범인이 누군지 나는 알고 있지."

하고 그는 의기양양하게 사람들의 발을 내려다보았다. 그러나 철야를 위해 사람들은 모두 슬리퍼로 갈아 신고 있었다. 갈색 구두를 신은 사람은 없었다.

"다른 사무실 사람들 중에 남아 있는 사람이 있었나?"

그는 조금 기가 죽어 중얼거렸다.

"왜 그래?"

선배 기자가 다시 물었다.

"화장실에서 볼일보고 있는데 밖에 갈색 구두가 보여서 차례를 기다리는 줄 알고 도중에 나왔는데 아무도 없지 뭐요. 후배 놈들이 장난친 줄 알고…. 하지만 분명히 봤는데…. 이상하군."

그때, 저쪽에서 한 후배가 말했다.

"역시 그 화장실에는 뭔가 나오는 거 아냐?"

"그게 무슨 소리야?"

"그런 소문 있잖아요. 몇 주 전에 재열이가 해준 이야기요."

신참 기자 재열이 화장실에서 일을 보고 세면대에서 손을 씻다 문득 거울을 보고 소스라쳤다. 거울에 자기 얼굴이 비치지 않았던 것이다. 아직 오전이라 화장실 안은 환했는데 거울 속만은 전혀 빛이 없이 새까맣게 변해 있었다. 마치 블랙홀처럼 모든 빛을 흡수해버린 듯이. 잠시 후, 차츰 다시 거울에 뭔가 비치기 시작했다. 그것은 화장실의 문 아래와 바닥이었다. 화장실 거울은 세면대 위에 걸려 있으니 화장실 바닥이 비칠 수 있을 리가 없었다. 그러나 분명히 바닥이 비쳤다. 그것도 누군가 화장실에 들어가 있는 듯, 칸막이 안쪽 문 아래로 누군가의 구두가 보였다. 그것도 갈색 구두였다고 한다.

편실집 사람들은 모두 얼어붙었다. 그 이후, 마감을 안 지키기로 유명했던 고참 기자는 절대로 회사에서 밤샘 마감을 하지 않고, 일찌감치 마감을 하고는 날이 저물면 반드시 집에 가버린다고 한다.

9·11 테러 괴담

　뉴욕의 9·11 테러 사건과 관련하여 '노스트라다무스' 예언 괴담과 함께 확산되었던 비행기 인식 기호 괴담이 있다.

　세계무역센터에 충돌한 두 대의 비행기 중 한 대의 인식 기호인 'Q33NY'를 MS-Word워드에서 입력한 뒤 글꼴을 Wingdings 타입으로 변경하면 모양이 바뀌는데 그 기호가 비행기가 세계무역센터 빌딩에 부딪쳐 참극을 빚는 모습을 연상시킨다.

　글자를 Wingdings 타입으로 바꾸면 나타나는 모양은, 비행기 하나, 사각형 둘, 그리고 해골 모습, 그리고 마지막 글자는 이번 테러의 주 용의자로 지목되고 있는 아랍 국가와 영원한 앙숙 관계인 이스라엘을 상징하는 육각형의 다윗의 별이다.

　직접 해보라.

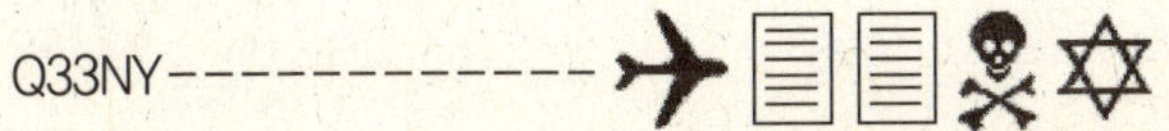

　테러리스트들이 그 비행기를 선택한 데에는 어떤 깊은 의미가 있었던 것일까?

너무 길었던 숨바꼭질

새로 이사간 우리 집은 상계동의 16층짜리 아파트의 13층이었다. 요즘 아파트라면 대개 비슷한 구조로, 방 셋에 욕실이 둘 딸린 평범한 아파트로 작은 방 가운데 하나에는 붙박이장이 달려 있었다. 붙박이장이 마음에 들어, 나는 그 방을 내 방으로 하겠다고 했다. 생각대로 그 곳에 옷이며 이불이며 정리해 넣자 딱 좋았다. 아주 깔끔했다.

이사 정리가 대충 끝나고, 주말에는 친척들과 함께 집들이 겸해서 저녁을 먹게 되었다. 아직 초등학교 저학년인 어린 조카 네댓 명이 우르르 몰려다니며 신나게 떠들고 있었다. 거실에서 어른들이 담소를 나누고 있는데, 조카 애들 중 가장 맏이인 은수가 큰 올케한테 가서 숨바꼭질을 하겠다고 했다.

"너무 떠들지 말고. 너무 시끄럽게 뛰면 안 돼요."

큰 올케는 순순히 승낙해주었다.

그리고 얼마나 지났을까. 아이들이 작은 방에서 우르르 나와 각자 어디론가 숨는 것을 보았다. 한 아이는 안방으로, 한 아이는 베란다로, 또 하나는 거실 소파 뒤에, 은수는 내 방으로 숨었다. 나는 어른들이 드실 커피를 끓이기 위해, 커피 메이커에서 커피가 걸러지는 것을 지켜보며 식탁 앞에 앉아 있었다. 그 자리에서는 아이들의 동선이 훤히 보였다. 역시 아이들이란, 단순하군, 하고 생각하며 혼자 웃었다.

이윽고 술래가 아이들을 찾기 시작했다.

생각대로 술래는 아이들을 하나하나 쉽게 찾아냈다. 안방에 딸린 욕실 문 뒤에서 한 명, 베란다의 커다란 관엽식물 화분 뒤에서 한 명, 소파 뒤에서 한 명. 마지막 한 명만 남았다. 술래는 이내 알았다는 듯 내 방으로 들어갔다. 그러나 곧 그냥 나왔다. 붙박이장 속이나 책상 밑에 숨었을 텐데…, 라고 생각했다. 결국 술래는 포기하고,

"못 찾겠다. 나와라!"

하고 소리쳤다. 그러나 은수는 나오지 않았다. 어떻게 숨었기에 부르는 소리도 들리지 않을 것일까.

"어딜 갔지?"

조카들은 흩어져서 모두 그 아이를 찾아 나섰다. 나는,

"아까 작은 방으로 들어갔단다."

하고 가르쳐주었다. 그러자, 술래였던 아이가,

"아니야, 고모. 없어요. 방안은 모두 찾아봤는 걸."

하고 대답했다.

"붙박이장 속에 숨은 건 아닐까?"

내가 다시 말하자,

"내가 옷장도 열어봤는데 없었어."

하는 것이 아닌가! 나는 부랴부랴 작은 방으로 달려가 방안을 샅샅이 뒤졌다. 좁은 방이기에 사실 뒤질 것도 없었다. 책상 밑, 아님 붙박이장밖에 없었다. 그러나 어디에도 은수는 없었다. 눈치를 챈 큰 올케가 방으로 쫓아왔다.

"아가씨, 우리 은수 어디 갔어요?"

"모르겠어요. 아까 분명히 이 방으로 들어가는 걸 제가 봤는데…."

갑자기 온 집안이 발칵 뒤집혔다. 멀쩡하게 놀던 아이가 갑자기 사라졌으니…. 온 집안을 뒤지길 몇 분이 지났을

까…. 내 방 쪽에서 갑자기 아이 울음소리가 희미하게 들려왔다. 붙박이장 속이었다. 서둘러 붙박이장 문을 열었다.

있었다!

은수가 눈물로 범벅이 된 얼굴로 이불 위에 앉아 울고 있었다.

"은수야!"

큰 올케가 아이를 부둥켜 안았다.

"엄마, 무서워… 캄캄하고 춥고… 몰라, 몰라… 엄마… 아무리 불러도 아무도 안 오고… 앙앙…!"

은수는 계속 울면서 말했다.

"몇 시간이나 걸어도 계속 캄캄해서 너무 무서웠어…."

"걸었다고? 몇 시간이나?"

우리는 깜짝 놀랐다. 그러나 조카 아이의 발은 하얗고 말끔했다. 옷도 깨끗했다.

그날 밤, 우리는 곧바로 오빠네 집으로 갔고, 다음날 아침 일찍 부동산에 연락해서 집을 내놓았다. 그리고 다른 동네로 이사를 갔다. 그 이후로 우리 집에서 붙박이장, 이라는 말은 금지 단어가 되었다.

13층, 그 집

내 친구 여동생 미라는 올해 봄에 결혼해서 성산동의 낡은 민영 아파트 13층에 신혼살림을 차렸다. 13층이란 게 좀 걸렸지만, 때마침 빈 집이 없었고, 날짜가 촉박하여 어쩔 수 없이 그 집을 계약했다.

어느 주말 저녁, 주방에서 좀 이른 저녁밥을 짓고 있는데, 뒤쪽에서 인기척이 났다. 고개를 슬쩍 돌려보니, 지나가는 남자의 맨발이 언뜻 보였다. 남편인가? 생각했지만, 남편은 전혀 다른 쪽에 앉아 텔레비전을 보고 있다. 맨발이 향한 곳은 벽으로 이어지는 곳으로, 물론 거기에는 아무도 없었다.

"자기, 조금 전에 내 뒤를 지나갔어?"

미라는 남편에게 물었다.

"아니. 왜?"

성의 없는 대답이 돌아왔다. 미라는 잘못 봤나 해서 그냥 입을 다물었다.

다음날 저녁, 미라는 샤워를 하려 욕실에 들어갔다. 목욕탕에 들어가 앉아서 벽을 보는데, 뭔가 어렴풋한 윤곽 같은 게 있는 느낌이었다. 타일에 손을 대 김을 닦아봐도 느낌은 사라지지 않는다. 욕조에서 나와 머리를 감고 있는데, 벽 쪽에서 손이 뻗어 나와 머리칼에 닿는 느낌이 들었다. 깜짝 놀라 눈을 씻고 보면 아무것도 없다. 또 김이 서린 거울에 뭔가 어릿어릿하고 있는 것이 비치기도 한다. 물론 거울을 닦아보면 자신의 모습밖에 비치지 않는다. 그런 일이 거의 매일같이 일어났다.

벽 안에 누군가 있는 걸까? 아파트나 큰 건축물을 지을 때, 주변의 깡패들이 시체를 갖다 묻었다는 소문이 간혹 있었는데, 그런 게 아닐까? 생각을 거듭하다가 노이로제에 걸린 미라는 결국 남편을 졸라 이사를 가고 말았다.

옆집이 조용해

신촌 대학가 어느 작은 원룸식 아파트.

보름에 한 번쯤은 만나서, 밤새 놀다가 자고 오는 고교 동창인 친구 원진이 집이 있었다. 록음악을 무척 좋아하는 원진은 밤이 되어도 볼륨을 한껏 올린 채 음악 속에 빠져들곤 했다. 친구들과 어울리는 것을 워낙 좋아해서, 원진은 몰려온 친구들을 집에 못 가게 붙잡고 밤새 술을 마시고 음악을 들으며 신나게 놀곤 했다. 함께 어울리면서도, 이렇게 시끄럽게 해도 괜찮을까, 하는 생각이 들 정도로 거리낌없이 떠들곤 했다.

집은 신축 아파트라 깨끗하고, 지하철 역 바로 옆이라 교통도 좋았다. 옆에는 작은 공원이 있어서, 가끔 향기로

운 꽃 향기가 풍겨오곤 했다. 무엇보다도 좋았던 것은, 전
에 살던 사람이 갑자기 나가는 바람에 생각보다 훨씬 싼 값
에 입주했다는 것이다.

"야, 근데, 한밤중에 이렇게 떠들어도 옆집 사람들이 아
무 말도 안 하냐?"
언젠가 이렇게 물어본 적이 있다. 그러나 원진은
"걱정 마. 오른쪽 집은 비어 있고, 옆집에는 엄마랑 딸이
사는데 한번도 뭐라고 한 적이 없어."
라고 아무렇지도 않게 대답했다.
"엄마랑 딸?"
"응. 근데, 옆집은 되게 조용하다. 한번도 밤에 시끄럽게
한 적이 없어."
"너도 좀 본받아라."
나는 면박을 주었지만, 괜찮다는 말에 그런가 보다 하고
곧 잊었다.

그러던 어느 날의 일이었다. 원진이 핸드폰으로 전화를
했다.
"지금 너 어디 있냐. 나 오늘밤 너네 집에서 자도 되냐."

원진은 단도직입적으로 물었다. 나는 시내에 있는데 두 시간쯤 뒤에 집에 들어갈 생각이니 그때까지 오라고 했다. 그러나 원진은,

"아니, 지금 가면 안 되냐?"

"왜? 너는 지금 어딘데?"

"집 앞인데. 너 나 좀 만나주라."

"왜?"

"할 말이 있어."

결국 바로 집으로 돌아간 나는, 원진을 우리 집 앞에서 만났다. 원진은 새파랗게 질려 있었다. 나를 보더니, 조금 안심하는 빛이 되었다.

"무슨 일인데?"

"나, 이사할거다."

그는 다짜고짜 말했다.

"왜? 그 집 좋다면서. 집값도 싸고, 교통도 좋고. 게다가 옆집 사람도 잘 만났고. 갑자기 뭐가 불만이냐?"

"그게 말이야…, 그 옆집 사람 있잖아."

"음, 조용하다는 그 사람? 왜? 시끄럽다고 결국 한 소리 들었냐? 그래도 싸지."

나는 웃었지만, 그는 심각하게 말했다.

“오늘, 집을 나가려다 문 앞에서 만났는데, 인사를 해도 그냥 말없이 쓰윽 지나가더라구. 그래서 참 무뚝뚝한 여자다 생각했는데, 못 볼 걸 봤다.”

“뭐?”

“그 여자가 자기집 문 손잡이를 잡으려 손을 뻗치니까, 입고 있던 옷의 소매가 당겨졌어. 근데, 팔이 없는 거야!”

“뭐?”

“그 여자는 늘 까만 모자를 쓰고, 까만 긴 소매 옷, 까만 긴 치마, 까만 장갑을 끼고, 까만 구두를 신고 있거든. 근데 소매 속에 아무것도 없는 거야. 허공에 까만 장갑이 떠 있고. 그러니까, 장갑과 옷소매 사이가 텅 비어 있었다구.”

순간, 온몸에 소름이 쫘악 끼쳤다.

“그래서 그냥 바로 뛰쳐나왔다. 그리고 나서 가만히 생각해보니까, 그 집, 정말 이상하다는 생각이 든 거야.”

“왜?”

“아무리 그래도 사람이 사는데, 그렇게 아무 소리가 안 날 수가 있을까? 그것도 두 명이나 사는데. 심지어 세탁기 돌리는 소리도, 설거지물 트는 소리도, 뭔가 물건을 떨어뜨리는 소리도 한 번도 난 적이 없어. 뭔가 목소리를 높여 상대를 부르거나, 말하는 소리도…. 어떻게 두 사람이 생활하는데 그토록 조용할 수가 있지? 원룸이니까 내 방과 구조가 똑같을 것 아냐. 그럼 적어도 사람이 움직이는 소리나 뭔 소리가 조금이라도 들려야 정상 아니냐? 그리고 솔직히 말해서 이제 생각해보니, 내가 매일 밤 그렇게 시끄럽게 떠들었는데, 한 마디도 불평이 없었던 것도 이상해.”

알고 보니 원진보다 앞서 그 방에 살던 사람도 이사한 지 보름 정도 만에 급히 나갔다고 한다. 급하게 이사해야 할 일이 생겼다면서. 그래서 그 방은 그렇게 싼 값에 나왔다는 것이다. 원진도 자기가 들어간 보증금보다도 싼 값만 받고 그냥 그 집을 나와버렸다.

살려줘, 여보!

미선과 창선은 같은 대학, 같은 학과에서 만난 커플로, 결혼한 지 반년이 채 못된 신혼부부였다. 평소 장난을 잘 치고 잘 웃던 미선은 수영을 갓 배우기 시작했는데, 수영장에서도 늘 물에 빠진 척 장난을 쳐서 놀라는 창선을 보고는 까르륵거리며 재미있어 했다.

여름 휴가를 맞아 미선과 창선은 바다로 여행을 갔다. 수영복으로 갈아 입은 미선은 바닷가로 나가자마자 바로 물에 뛰어들었다. 하지만 너무 서두른 탓인가, 다리에 쥐가 나고 말았다. 아직 수영에 익숙지 못한 미선은 당황했다.

"살려줘! 살려줘, 창선 씨!"

입을 벌려 소리를 칠 때마다, 짠 바닷물이 입안으로 밀려들어왔다. 허우적거리는 미선을 보고 창선은

"또, 장난치는군, 정말이지 못 말린다니까."

대수롭지 않게 생각하며, 미선을 내버려두고 천천히 걸어서 바다로 향했다.

"살려줘! 살려줘!"

미선은 더 이상 힘이 없어, 목소리도 잘 나오지 않았다. 뭔가 이상하다는 것을 그제야 눈치챈 창선은 황급히 헤엄쳐 갔지만, 미선은 이미 가라앉은 후였다. 서둘러 인공호흡을 했지만, 미선은 다시 깨어나지 않았다.

미선의 장례식을 치르고, 창선은 한밤중에 아파트 거실에 혼자 앉아 사고를 회상했다. 살려줘, 살려줘! 하는 미선의 목소리가 계속 귓가에 어른거렸다. 창선은 깊은 실의와 자책감에 시달렸다. 그러던 창선은 문득 목이 말라 주방의 냉장고에서 물을 꺼내 한 모금 마시고는, 컵에 물을 따라 들고 거실로 돌아왔다.

탁자 위에 컵을 놓고 생각에 잠겨 있는데, 갑자기 똑… 똑… 하고 물 떨어지는 소리가 들렸다. 컵 안의 물에 동심원이 보였다.

천정에 물이 새는 건가, 하며 위를 올려다보자 축 늘어
뜨려진 젖은 머리카락이 보였다. 그리고 물에 잠긴 듯한
희미한 목소리가 들려왔다.

"자기야, 나도 너무 목말라. 물 좀 줘…."

쿵! 쿵! 쿵!

내 친구의 큰 형인 석진은 무역회사 영업부 대리인 관계로 지방출장을 자주 가는 편이다. 지난 해 여름, 형이 강원도 강릉으로 출장을 갔을 때 겪은 일이다.

때마침 여름 휴가철과 겹쳐 예약을 하지 않고 갑자기 갔던 형은 호텔방을 잡을 수가 없었다. 거의 3시간을 돌아다니다, 한 관광호텔에서 사정사정한 끝에 예약이 취소된 방이 하나 있어서 묵을 수 있었다. 꽤 낡은 호텔이라 복도에 깔린 카펫도 허름하고 닳은 것이었고, 무거운 공기가 복도를 가득 메우고 있는 듯했다. 왠지 숨이 막힐 듯한 분위기…. 그러나 하는 수 없었다. 이 방을 잡기 위해 거의 3시간 동안을 헤매고 다녔으니까.

　아침 일찍부터 운전을 하고 하루 종일 돌아다녀 피곤해
진 형은 대충 저녁을 먹고 곧바로 침대로 파고들었다. 잠
이 들락말락 할 때였다.

　쿵쿵쿵쿵쿵, 쿵쿵!

　누군가 객실 문을 세게 두들기는 소리가 들렸다. 형은
잠결에 깜짝 놀라 벌떡 일어나 문을 열었다.

　"누구시죠?"

　그러나 복도에서는 사람 그림자도 없었다. 눅눅한 한여
름의 공기가 무겁게 가라앉아 있을 뿐이었다.

　"이상하네. 내가 꿈을 꿨나?"

　침대로 돌아와 머리맡에 놓아둔 핸드폰을 보았다. 10시
가 조금 넘어 있었다.

　"꿈을 꾸었나 보군. 아침부터 너무 피곤했나."

　형은 다시 침대로 들어가 잠을 청했다. 다시 잠이 들었
을까.

　쿵쿵쿵쿵쿵!

　다시 문을 두들기는 소리가 들렸다. 형이 문으로 다가가
자, 소리가 그치는 것이었다. 그리고 문을 열었을 때는 복
도에는 아무도 없었다. 그리고 다시 잠들었을 때, 쿵! 쿵!
쿵! 하고 다시 문을 두들기는 소리가 났고, 문을 열었을 때

는 아무도 없었다. 그러기를 몇 번을 계속했다. 평소 꽤나 태평한 성격인 석진이지만 더 이상은 참을 수 없었다.

"대체 누가 이런 장난을 하는 거야?"

화가 머리끝까지 난 형은 프런트로 냅다 달려가 큰소리로 말했다.

"이것 보세요, 어떤 놈이 자꾸 내 방문을 두들겨대서 잠을 잘 수가 없습니다. 어떻게 좀 해주세요."

"에엣?"

프런트 담당자는 새파랗게 변한 얼굴로 동료에게 뭔가 소곤거렸다. 두 사람은 형을 힐끗힐끗 쳐다보며 이야기를 나누더니 하는 수 없다는 듯, 안으로 들어가 매니저를 데리고 나왔다. 매니저는 나오자마자 형에게 정중하게 고개를 숙이더니, 이야기를 시작했다.

"정말로 죄송합니다. 손님. 사실 그 방은 손님용으로 내놓지 않았던 방입니다. 그런데 손님께서 하도 애원을 하시기에 그만 저희들이 예약이 취소된 방이라고 거짓말을 하고…."

"그게 무슨 소립니까?"

어리둥절해진 형이 물었다. 매니저는 난처한 얼굴로 말을 이었다.

"사실은, 6년 전에 저희 호텔에서 불이 났습니다. 다른 손님들은 비상계단으로 모두 무사히 대피하셨습니다만, 오늘 손님께서 묵으신 방에 묵었던 젊은 여자 손님께서 수면제를 복용하고 주무시다가, 비상벨 소리를 듣지 못했습니다. 뒤늦게 알아차리고 깨어난 것 같기는 했지만, 그때는 이미 복도에 연기가 가득 차 있어, 아무도 도와주지 못했습니다. 나중에 보니 바로 문 앞에 쓰러져 있더군요. 방에 갇힌 채로, 문을 두들겨 구조요청을 하다가 질식사한 것입니다. 그 이후로 그 방에 묵으신 손님들께서 누군가 방문을 두들긴다는 말씀을 계속 하셔서, 폐쇄시켰던 방입니다. 정말로 죄송합니다."

"그… 그렇다면…?"

석진 형은 얼굴이 새하얘졌다. 매니저의 말대로라면, 방문을 두들긴 건 밖이 아니라, 방안이었다는 말이니까!

한없이 길었던 복도

　어느 무더운 여름 날, 광고 대리점에 근무하는 우진은 부산에 있는 이벤트 회사에 출장을 갔다. 처음으로 가보는 회사인지라, 전화로 위치를 묻고 번지수와 건물명과 사무실 호수를 알아냈다.

　사무실은 해운대 근처에 있는 빌딩에 있었다. 엘리베이터도 없는 낡은 6층짜리 건물이었다. 무더운 여름날 오후여서 우진은 땀을 뻘뻘 흘리며 계단을 한 층씩 올라갔다. 하필이면 사무실은 그 건물 6층이었다. 겨우 6층에 이르렀는데, 이상하게도 어둠 컴컴했다. 밖은 햇빛이 뜨겁다 못해 따갑게 내리쬐는 화창한 날인데, 그 건물 안은 묘하게 빛이 잘 들지 않는 것 같았다.

이벤트 사무실은 끝 방이었다.

"멀기도 하네."

중얼거리며 우진은 사무실이 있는 쪽을 쳐다보았다. 복도가 끝없이 길었다. 그리고 그 끝은 어둠에 잠겨 있는 듯했다. 우진은 빨리 시원한 사무실로 들어가려고 발걸음을 빨리 했다. 그러나 걸어도 걸어도 웬일인지 복도는 계속 이어졌다. 한 걸음 걸으면, 그만큼 복도가 뒤로 물러서는 듯한 착각이 들 정도였다. 절반쯤 가자 이상하게 서늘한 느낌이 들었다. 어디서 에어컨이라도 나오는 것일까. 하지만 이 서늘한 느낌은 묘하게 축축했다. 젖은 수초가 달라붙는 듯한 그런 느낌.

몇 분이 지난 것일까. 겨우겨우 사무실 문 앞에 도착한 우진은 노크를 했다.

"어이구, 오셨습니까. 더운데 오시느라 고생 많으셨습니다."

이벤트 회사 직원이 반갑게 맞았다. 시원한 사무실에 들어오니 살 것 같았다.

"정말 덥네요. 게다가 엘리베이터 없는 6층 사무실이라…. 여름이 되면 고생 많으시겠습니다."

우진은 손수건으로 땀을 닦으며 사무실 직원이 내민 시원한 물을 한 모금 마셨다.

"그렇지요. 하하."

사무실 직원은 겸연쩍게 웃었다.

"게다가 복도는 또 왜 그렇게 긴지…. 걸어오는데 5분도 더 걸린 것 같네요."

"복도가 길다구요? 그게 무슨 말씀이신지? 이 사무실은 계단에서 4미터도 안 되는데요."

"그럴 리가요. 조금 전에 제가 걸어보니 5분도 더 걸렸던 것 같은데요."

"예에?"

우진은 문을 열고 밖을 내다보았다. 눈 앞 복도에서 4미터쯤 앞에 계단이 떡, 하니 있었다.

아빠, 저기 계시잖아

　　이것은 내가, 아니 정확히 말하면 나의 언니가 겪은 이야기다. 10년 전, 내가 중학생일 때 아빠가 오랜 병마와 싸우다 돌아가신 뒤, 엄마 혼자서 우리 자매를 키우셨다. 특히, 엄마는 어려서부터 몸이 약해 툭하면 병원에 입원하곤 했던 언니에게도 혹시나 무슨 일이 생길까봐 정성을 다했다. 회사에 다니다 입원과 퇴원, 휴직과 복직을 되풀이하던 언니는 결국 사표를 내고 집에서 요양을 했다. 그러던 언니가 지난 주에 병이 악화되어 또 입원을 했다. 나는 병원에서 간병을 하다, 엄마와 교대하고 집에 돌아와 잠을 자고 있었다. 새벽 4시가 조금 넘었을까. 집으로 전화가 걸려왔다. 엄마였다. 엄마는 다급한 목소리로,

"나영아, 빨리 병원으로 와라. 나미가 위독해! 지금, 헛소리를 하는 건지 나영이 너만 찾는다!"

나는 깜짝 놀라 병원으로 달려갔다. 언니는 침대에서 뭐라고 헛소리를 하며 몸부림을 치고 있었고, 엄마랑 간호사 언니가 언니의 몸을 붙들고 씨름하고 있었다.

"아빠, 아빠… 나만 데려가지 마… 나 가면 우리 엄마 불쌍해서 어떡해… 안 돼… 아빠… 나영아, 나영아! 아빠한테 나 혼자 데려가지 말라 그래…."

"언니, 정신차려! 왜 그래? 무슨 소릴 하는 거야! 아빠는 무슨 아빠야!"

나는 나도 모르게 울며 언니를 붙들고 매달렸다.

한참을 몸부림치던 언니는 지쳐서 축 늘어졌고, 그 틈에 간호사 언니가 진정제 주사를 놓았다. 나는 혹시나 무슨 일이 생기지 않을까 마음을 졸이며 침대 맡에 앉아 언니를 지켜보고 있었다.

몇 시간 뒤, 언니가 눈을 떴다. 나를 본 언니는 희미하게 웃으며 말했다.

"나영이 왔구나…. 아빠는 어디 계셔?"

"언니… 아빠라니…. 아빠는 돌아가셨잖아…."

　"아까 오셨었잖아. 저기 병실 문 앞에서 나보고 일어나라고, 이제 괜찮으니 같이 가자고 하는 걸 내가 나영이 너랑 같이 가겠다고 떼를 써서…. 아, 저기 앉아 계시네…."
　그러나 언니가 가리킨 곳에는 빈 의자가 놓여 있을 뿐이었다.

옥상에 뭔가 있다

내 친구 중에 지영이라는, 영감이 뛰어난 애가 있다. 어딘가를 가면 영기를 느낀다고 하고, 툭하면 머리가 아프다고 하는, 신경이 예민한 애였다. 어느 날, 시내의 한 백화점에서 이상한 것을 봤다고 지영이 말했다.

지영에 따르면, 그것은 투신 자살한 소녀의 영이라는 것이다. 백화점 옥상에서 그녀의 그림자가 뛰어내린다. 그 그림자는 그대로 떨어지지만, 땅에 닿기 직전에 쓰윽 사라진다고. 사라졌나 생각하면 다시 잠시 그 그림자가 옥상에 나타나 뛰어내리기를 되풀이한다고 한다.

분명 그 소녀는 자신이 죽었다는 것을 모르고 있는 거야. 떨어지는 순간에 정신을 잃어버렸기 때문에, 그 아이는 무의식 중에 계속 떨어지는 순간의 공포를 맛보고 있는 거지. 그리고 지영은 덧붙였다.

"그래서, 자살하면 안 된다니까."

그 이야기를 듣고 한 달쯤 뒤였다. 성진이라는 친구가 그 백화점에서 이상한 일을 겪었다. 지영과 백화점 정문에서 만나기로 했는데, 뜻밖에 차가 안 막히는 바람에 30분이나 일찍 도착하고 말았다. 그래서 백화점 안의 서점에서 책을 좀 보려고 서점에 들렀다. 거기서 재미있는 책을 발견하고는, 바로 사서 백화점 옥상으로 올라갔다.

휴게실로 꾸며져 있는 옥상에는 녹색식물이 심어져 있고, 여기저기 벤치가 있어 휴식에는 안성맞춤이었기 때문이다.

벤치에 앉아 책을 읽고 있는데 누군가 책을 엿보고 있는 것 같은 느낌이 들었다. 뭐야, 생각하는데, 스스륵 윤기 있고 까만 여자의 머리카락이 오른쪽 뺨에 닿았다.

"저기…."

하면서 오른손으로 여자 머리카락을 치웠다. 잠시 뒤, 다시 그런 기척이 나고, 머리카락이 그의 뺨에 닿았다. 그는 좀 화가 나서 신경질적으로 탁, 쳐서 그 머리카락을 치우며 뒤를 휙 돌아보았다. 아무도 없었다. 평소 꽤 붐비는 옥상이건만 이상하게도 아무도 없었다. 성진은 문득 기분이 나빠져 서둘러 내려오고 말았다. 지영이 기다리고 있었다. 찻집에서 성진은 지영에게 아까의 기분 나쁜 경험을 들려주었다. 지영은 쯧쯧, 혀를 찼다.

"야, 거기, 지난번에 여고생이 투신 자살한 백화점 옥상이잖아. 넌 겁도 없다. 나 같음 절대 안 간다. 난 이 백화점에만 와도 개 떨어지는 모습이 자꾸 보여서 사실 여기서 만나기 싫었어."

도대체, 어디 갔었니?

어느 화창한 봄날, 초등학교 3학년생 수빈이는 오후 3시쯤에 엄마와 함께 백화점 슈퍼에 장을 보러 가기로 했다. 대문을 잠그려다 엄마가,

"아, 장바구니를 갖고 가야지. 수빈아, 잠깐만."

하고 급히 다시 문을 열고 집안으로 뛰어들어갔다. 대문 앞에서 수빈이는 계속 엄마를 기다리고 있었다. 구두를 신어버렸기 때문에 신발을 벗기 귀찮아 그냥 서서 계속 기다리고 있었던 것이다. 그러나 엄마는 좀처럼 나오지 않았다.

"이상하네…. 화장실이라도 간 건가? 그럼 그렇다고 말이라도 하지…. 엄마도, 정말…."

수빈이는 투덜거리면서 계속 기다렸다. 그러나 거의 10여 분이 지나도 엄마가 나오지 않자 무슨 일이 생겼나 걱정이 되어 현관문을 열었다. 그러자 현관 앞 거실에 새파랗게 질린 얼굴로 멍하게 엄마가 앉아 있었다. 엄마는 수빈이를 보자마자, 눈을 크게 뜨더니, 이윽고 무섭게 화가 난 얼굴로 소리를 버럭 질렀다.

"너, 두 시간도 더 넘게 어디에 갔었니?"

"그게 무슨, 무슨 소리야? 나는, 계속 문 밖에서 엄마가 나오기를 기다리고 있었는데…."

하고 영문을 모르고 수빈이가 말했다.

"네가 갑자기 없어져서, 엄마가 얼마나 걱정한 줄 알아? 친구 집이랑 아파트의 아는 사람들에게 모두 전화해서 너 혹시 있는지 물었다. 유괴라도 당한 줄 알고 얼마나 가슴 졸였는지 알아? 혹시라도 전화가 올까 해서 거실에서 나가지도 못하고 여기 있었다."

갑자기 화를 내는 엄마의 모습에 당황했던 수빈이는 슬슬 자신도 화가 나기 시작했다.

"엄마야말로 나를 밖에 10분도 넘게 세워두었으면서 뭘! 엄마야말로 집안에서 뭘 하고 있었어? 시간이 걸리면 걸린다고 말을 해야지! 다리 아프게 문 밖에서 계속 서서 기다렸잖아!"

"그게 무슨 소리야…. 내가 장바구니를 들고 나갔을 때,
너, 없었다."

"거짓말! 난 계속 문 앞에 서 있었는걸…."

"두 시간 동안이나 너를 찾느라 엄마가 얼마나 애를 태
웠는지 아니?"

엄마와 수빈이는 서로를 보며, 더 이상 아무 말도 하지
못했다.

그네 타는 아이

저녁을 먹으러 오라는 친구의 말에 오후 늦게 출발했다. 예전에 지어진 아파트였지만, 상당히 대규모 단지여서 친구의 집을 찾느라 시간이 좀 걸렸다.

저녁 7시30분쯤 되었을까. 가로등에 불이 들어오기 시작했다. 오래된 아파트여서일까. 불이 별로 밝지 않았다. 촌스럽게 동그란 전구가 그냥 달려 있었다. 윤진은 불이 켜진 전구를 잠깐 쳐다보았다.

그때 눈 앞에 작은 놀이터가 보였다. 그네랑 미끄럼틀, 시소 등이 아기자기하게 놓여 있었다.

"찾았다! 놀이터 바로 옆 동이라고 했으니까…."

그때, 한 아이가 눈에 들어왔다. 어두운 가로등이 켜져

어스름하게 밝혀진 놀이터 저쪽에 있는 그네에서 꼬마 여
자 아이가 혼자 그네를 타고 있었다.

　‘저녁 먹을 시간이 넘었는데, 집에서 안 찾을까. 저렇게
어린애가 혼자서 그네를 타고 있다니….’

　하고 생각한 윤진은 무심코 여자 아이를 찬찬히 바라보
았다. 대여섯 살쯤 되었을까. 고개를 숙이고 있어 잘 보이
지 않았지만, 얼굴이 하얗고 예쁘장한 얼굴인 듯했다. 앙
증맞은 리본이 달린 빨간 원피스를 입고 있었다. 머리는
어깨 정도 길이로 길렀고, 빨간 샌들을 신고 있었다. 아이
는 그네를 힘차게 타지 않고 그냥 걸터앉아 흔들거리고 있
을 뿐이었다.

　‘집에서 야단이라도 맞았나….’

　생각했지만, 윤진은 더 늦으면 안 된다는 생각에 친구의
집이 있는 동을 다시 찾기 시작했다. 친구 말대로 바로 놀
이터 앞 동이었다. 윤진은 고개를 돌려 다시 그네를 보았
다. 그새 아이는 어디론가 가버리고 그네만 흔들거리고 있
었다.

　‘어, 어디 갔지?’

　그러나 아무리 찾아도 아이의 모습은 보이지 않았다. 그
렇게 날쌔게 달리다니? 내가 눈을 돌린 건 겨우 몇 초였는

데? 고개를 갸웃거리며 친구의 집 벨을 눌렀다.

"왜 이렇게 늦었어. 한참 기다렸다, 애."

"놀이터 찾느라 힘들었다, 야. 단지 안이 어찌나 복잡한지…."

저녁을 먹고 커피를 마시며 수다를 떨던 윤진은 문득 아까 여자 아이가 생각나 친구에게 물어보았다. 근데, 이 근처에 한 대여섯 살쯤 된, 머리를 어깨 정도까지 기른 예쁘장한 여자애 사니? 리본이 달린 빨간 원피스에 빨간 샌들 신은…."

"네가 어떻게 그 애를 알아?"

친구는 깜짝 놀란 표정으로 물었다.

"왜? 아까 들어오기 전에 놀이터에서 봤거든. 날이 저물었는데 혼자 그네를 타고 있는 게 위험해 보여서…."

"뭐라구?"

하더니 친구는 천천히 말했다.

"그 애는…, 한달 전에 그네를 타다 떨어져 죽은 우리 옆동 702호 꼬마야…. 죽을 때 빨간 원피스에 빨간 샌들을 신고 있었어…."

그 방에서 자면…

우리 집은 부모님과 오빠, 언니, 나, 동생 이렇게 여섯 식구다. 2년 전 우리는 복도식으로 된 창동 주공 아파트에 살고 있었다. 부모님이 안방, 작은 방 하나는 오빠와 동생, 또 하나는 언니와 내가 쓰고 있었다. 그런데 오빠가 유학을 가고 동생이 군대에 가서 내가 오빠 방을 차지할 수 있게 되었다.

어느 날 밤, 자다가 가위에 눌렸다. 잠이 반쯤 깨었지만 일어날 수는 없는 상태일 때, 복도 쪽 창문에 모자를 쓴 사람의 그림자가 비치고 있었다. 얼굴은 저만큼 있는데, 이상하게도 그 남자의 발은 내 머리맡에 있었다. 무서워서 발버둥을 치다가 가위에서 겨우 벗어났다.

　며칠 뒤 휴가 나온 동생에게 그 이야기를 했더니, 동생
이,

　"어, 나도 그런 가위에 눌렸는데….”

하는 것이 아닌가. 그러자 언니가,

　"어, 너도? 나도 그 방에서 잘 때 그랬는데.”

　하는 것이다! 그러니까 그 방에서 잠을 잔 형제들은 모
두 같은 가위에 눌렸다는 말이다. 그 순간 소름이 쫘악 끼
치면서 그 뒤로 그 방에서 잠을 자는 일은 없었다. 차라리
거실에서 자고 말지.

횡단보도 앞에서

여름방학이 끝나가던 8월 초의 어느 날, 내 친구 영미는 자신이 살고 있는 마포의 아파트 단지 앞 횡단보도에서 신호를 기다리고 있었다. 밤 9시가 조금 넘은 시간이었다.

영미가 건너가는 쪽에는 영미밖에 없었고, 건너편에는 대여섯 살쯤 된 여자 아이의 손을 잡은 젊은 남자가 길을 건너오고 있었다. 부녀 사이처럼 보이는 두 사람은 마치 커플 룩처럼 파란 단색 티와 파란색 바지 차림이었다. 영미는 평소 아이들을 좋아하는지라 귀여운 여자 아이의 모습을 보고 미소를 지었다.

두 사람이 점점 가까이 다가옴에 따라, 영미는 아이 표정이 꽤나 창백한 것을 알았다. 보통 아이들이라면 재잘거

리며 까불까불 할 나이 아닌가. 근데 아이는 손을 잡고 끄
는 대로 남자의 손에 끌려 그냥 걸어갈 뿐, 전혀 웃거나 떠
들지 않았다.

두 사람을 막 스쳐 지나친 영미는 다시 한번 아이를 보
려고 무심코 뒤를 돌아보았다. 아무도 없다!

"어떻게 된 거지?"

1,2초 전에 스쳐 지나간 사람들 아닌가. 게다가 길을 건
넜다고 해도 바로 넓은 아파트 입구와 쭉 뻗은 아파트 주도
로가 이어지니 두 사람이 길을 건넌 순간 어디론가 갈 수는
없었다. 게다가 뛰어가는 소리도 못 들었는데…. 그러나
아무리 둘러봐도 그들의 모습은 없었다.

그리고 다음 순간, 영미는 건너편에 아버지와 아이가 손
을 잡고 걸어가는 기호가 그려진, 보행자 전용표지판이 세
워져 있는 것을 발견했다. 그 표지판 색깔은, 아까 그들이
입고 있던 옷 색깔과 똑같았다!

춤추는 실루엣

회사원 김민형 씨는 언제나 칼같이 퇴근하는 사람이었다. 해가 저물어 집집마다 불빛이 하나 둘 켜지는 시간에 귀가하는 그에게, 언제부턴지 하나의 즐거움이 생겼다.

집에 가는 길에 있는 복합상가 건물 2층 어느 방 창문에서 보이는 그림자를 보는 즐거움이었다. 그것은 불이 켜지고 하얀 커튼이 쳐진 방에서 날씬한 여인이 춤을 추고 있는 실루엣이었다. 언제나 그가 귀가하는 시간이면 춤을 추고 있는 그 여인을 보며, 그는 참, 열심이구나, 직업적인 댄서일까 아니면 그냥 운동 삼아 하는 걸까, 하고 그녀의 모습을 은근히 상상해보곤 했다.

어느 여름 날, 마침 목이 말라 그 건물 1층에 있는 슈퍼에서 차가운 캔 커피를 샀다. 가게 주인은 수다스런 사람인지 간이 의자에 앉아 캔 커피를 마시는 그에게 말을 걸었다. 그는 그것도 귀찮고 해서 말도 막을 겸, 슈퍼 주인에게 방을 손으로 가리키며 물었다.

"저기요… 여기 2층 저기 저 방에 사는 사람 여자죠? 혹시 직업이 댄서인가요?"

"그것이 뭔 소리다요?"

"여기 2층 끝 방에 사는 여자요. 매일 저녁 열심히 춤 연습을 하는… 제가 퇴근할 무렵이면 항상 춤을 추고 있는걸요."

"그… 그런… 말도 안 되는 소리 마쇼! 그 방엔 지금 아무도 안 살아요!"

"예에? 그런… 제가 매일 보는데요? 방에 불을 켜고 열심히 춤을….”

그러다 그는 문득 입을 다물었다. 사실 춤을 추고 있는 모습을 실제로 본 건 아니었으니까.

"그렇다면… 댁은 그 전에 살던 사람을 본 거유."

"그건 또 무슨 말씀이신가요?"

슈퍼 주인은 목소리를 낮추어 말했다.

"6개월 전 그 방에 살던 젊은 여자가 자살을 했어요. 천장에 목을 매서… 근데 죽기 직전에 맘이라도 바뀌었는지 줄을 풀려고 마구 날뛰었다나…. 경찰이 그럽디다. 그런데 결국 줄을 풀지 못해 죽고 말았답디다….”

"그렇다면… 제가 본 건…?"

김해공항 괴담

김해공항 근처에서 지난 2년 동안 5명의 택시 운전사가 정확한 이유 없이 잇달아 숨지면서 퍼진 괴담이 있다.

택시 운전사들이 숨진 곳은 김해공항 국내선 신청사 앞 택시승강장으로 향하는 택시 전용도로의 커브길 중 인도 쪽 10미터 구간. 그 곳에서 2002년에 1명, 2003년에 3명, 그리고 2004년 현재 또 한 명이 숨졌다.

그래서 부산 지역 택시 운전사들은 이 도로를 '마의 길'이라 부르며, 그 길을 다니기를 꺼리고 있다. 택시기사들은 할 수 없이 그 길에 정차할 경우에는 운전석에 앉아 있지 않고 차 밖으로 나온다고 한다. 숨진 사람들이 모두 운전석에 앉아서 죽었기 때문이다. 숨진 이들의 사인은 모두 과로사. 택시 운전사 50여명은 그 곳에 모여 귀신을 쫓는 고사를 지내기도 했다.

　그렇다면 왜 하필 이 도로에서만 잇달아 과로사일까. 공항 인근 주민들은 "국내선 자리는 원래 큰 연못이었는데 억지로 막아 수맥이 요동을 치는 것"이라는 말을 하고 있다.

　실제로 수맥전문가들이 진단한 결과 그 곳에서 수맥 탐지기가 요동을 치며 X자 모양으로 휘어졌다. 상당한 수맥이 감지된다는 말이다. 수맥전문가에 따르면, 일반인에게 적합한 파장은 보통 7.82Hz인데, 수맥에서 나오는 유해파장은 그의 5~6배나 된다고 한다. 계속 긴장해서 일을 하는 사람들이 수맥파장에 노출될 경우 혈압이 크게 치솟아 돌연사할 가능성이 있다.

눈을 마주치고 보니

내가 살고 있는 곳은 강남에서 꽤 잘 산다는 동네의 대형 아파트 단지이다. 어느 날, 아르바이트를 마치고 밤늦게 집에 돌아오는 길이었다. 우리 집 동 앞 주차장에 커다란 검은 색 고급 승용차가 주차되어 있었다. 그 안에는 나이 지긋한 아저씨가 운전석에 앉아 있었다. 눈이 마주치자 멋쩍어진 나는 그 아저씨의 눈길을 피하듯 엘리베이터로 향했다.

"멀쩡해 보이는 아저씨가 차 안에서 혼자 뭘 하는 거지? 집에서 쫓겨났나?"

혼자 중얼거리며 그 자리를 모면하면서. 그런데 조금 있다 쓰레기를 버리러 나오다 다시 그 차를 보게 되었다.

그런데 이게 웬일인가! 분명히 같은 번호판의 아까의 그 차인데, 그 차는 짙은 썬팅이 되어 있어 안을 전혀 들여다 볼 수 없었다. 그럼 아까 나랑 눈이 마주친 사람은 어떻게 보였던 것일까?

눈 오는 날, 구두 발자국

2년 전 겨울 어느 눈 내리는 날 저녁이었다.

연말이라 거리는 흥청망청하고 있었다. 아르바이트를 마치고 집에 돌아올 무렵은 짧은 겨울 해가 뉘엿뉘엿 저물 무렵이 되었다. 당시 우리 집은 서울 근교의 신도시 아파트에 있었는데, 나는 어둑해진 아파트 단지 사이를 조금 빠른 걸음으로 걷고 있었다. 눈발이 꽤 굵어 어느 새 거리엔 눈이 쌓이기 시작했다. 바람은 없었지만, 기온 자체가 낮아 꽤나 추웠던 날이었다. 나는 어서 따뜻한 집으로 가야지 생각하고 걸음을 재촉했다.

날이 추워 모두 일찌감치 귀가를 서두른 것일까. 버스 정류장에 내린 사람은 나뿐이었고, 집에 가는 길에는 사람 그림자도 보이지 않았다. 우리 아파트 동이 눈앞에 보일 무렵이었다. 집 앞에 있는 놀이터와 작은 공원 옆의 샛길이 지름길이었기 때문에 그 곳으로 접어들었다. 눈은 어느새 그쳐버렸고, 샛길에는 하얀 눈이 소복이 쌓여 있었다.

"하얀 눈 위에 구두 발자국… 바둑이와 같이 간 구두 발자국…."

나는 오랜만의 눈에 신나서 흥얼흥얼 노래를 부르며 발자국 놀이라도 하듯 지그재그로 걷고 있었다. 순간 맞은편에서 하얀 코트를 입고 하얀 머플러를 두른, 꽤 키가 크고 머리를 어깨까지 길게 늘어뜨린 한 여자가 나타났다. 역시 오랜만에 내린 눈을 즐기는 듯 천천히 걸어오고 있었다. 고개를 살짝 숙이고 있어 잘 보이진 않았지만 꽤 예쁘장한 젊은 여자였다. 여자는 나와 스치듯 지나쳐 갔다. 나는 다시 지그재그로 걸어가다 문득 내 앞의 길을 보고 소스라쳤다.

내 앞에 펼쳐진 것은 아직 아무도 밟지 않은, 새하얀 눈이 덮힌 길이었다. 분명히 아까 그 여자가 반대편에서 걸어왔는데, 아무도 걸어온 자국이 없다! 나는 눈을 의심하며 뒤를 돌아보았다. 내 뒤에도 내가 걸어온 발자국밖에 없었다!

물탱크 안에 든 것

　신촌에 꽤 오래된 러브 호텔이 하나 있다. 이제 건물이 낡고 오래되어 재건축이 결정되어 공사가 시작되었다. 맨 먼저 옥상에 있는 물탱크가 떼어졌는데, 그 안에서 10대 소녀로 추측되는 백골이 나왔다. 사체의 신원은 알 수 없었다. 사고로 물탱크에 빠졌는지, 아니면 자살을 한 건지는 알 수 없다.

　그러나 조금씩 물 속에서 부패해 갔을 소녀의 유기물을, 그 러브 호텔에 투숙한 아베크족들이 샤워 등을 통해 몸에 뒤집어쓴 셈이다. 그 러브 호텔은 이름만 바꾼 채, 지금도 신촌에서 영업 중이라고 한다.

커피를 좋아하세요?

여러분은 그런 일을 겪어본 적이 없는지? 분명히, 마시다 놓아둔 커피가 홀연 바닥을 드러내고 빈 잔만 남아 있었던 적이. 내가 마신 기억이 없는데 어느 새 빈 잔만 남아 있었던 적이.

내 친구 정희는 그런 적이 있었다고 한다. 고교 동창인 정희는 고등학교 때부터 이미 커피를 아주 좋아하던, 소위 말해서 커피광이었다. 대학을 졸업하고 프리랜서로 글을 쓰는 일을 하던 정희는 대개의 글쟁이들이 그렇듯, 대개 밤이 되어서야 글을 쓰기 시작하는 일이 많았다. 커다란 머그 잔에 든 커피를 마시며 새벽이 올 때까지 글을 쓰는 것이다.

어느 날 밤. 아파트에서 여느 때처럼 커피잔을 책상 위에 두고 그녀는 일을 시작했다고 한다. 한참 일에 몰두하다 문득 목이 말라 커피잔을 들었다. 그러나 커피 잔이 비어 있었다.

'어, 내가 언제 다 마셨지?'

이상하게 생각한 그녀는 다시 커피를 끓여 두어 모금 마신 뒤 다시 컴퓨터 모니터에 눈길을 주었다. 얼마나 시간이 지났을까. 다시 커피잔을 들었는데, 커피잔에는 커피가 5분의 1도 남아 있지 않았다. 정희는 몇 번이나 고개를 갸웃거렸다. 그러다, 문득 달력을 보고 소스라쳤다.

— 5월26일.

3년 전 갑작스런 교통사고로 세상을 떠난 대학 동기이자 룸메이트였던 미경의 기일이었던 것이다. 미경이도 정희처럼 커피를 좋아해 둘이서 나중에 커피 전문점을 차리자는 둥, 이런저런 허무맹랑한 계획을 세우며 즐거워했었다고 한다. 미경이 죽은 뒤로도 정희는 혼자서 계속 그 아파트에서 살고 있었던 것이다.

그 일이 있은 다음부터 정희는 해마다 5월26일이 되면, 커피를 커다란 머그 잔 가득 끓여 죽은 미경의 사진 앞에 놓아준다고 한다.

이불 밖으로 발을 내놓지 마라

　대학 1학년 때의 일이다. 과에서 MT를 갔다 돌아와 피곤해 잠이 들었다. 나는 어렸을 때부터 잘 때 이불 밖으로 발을 내놓는 것이 습관이었다. 발이 시원하지 않으면 아무래도 안정이 되지 않았던 것이다. 그래서 어렸을 때도 아무리 엄마가 이불을 덮어줘도 곧 걷어 올려 발을 드러내놓고 자곤 했다고 한다. 그 습관은 그때도 마찬가지였다.

　얼마나 잤을까. 발이 서늘한 느낌이 들어 잠이 깼다. 누군가 차가운 손으로 발을 쓰다듬는 느낌 같았다.

　'뭐야….'

　나는 눈을 떠 보았다. 그러나 방안에는 아무도 없었다.

　'이상하네….'

다시 잠을 청했다. 잠이 들락말락 했을 때, 다시 아까의 그 느낌이 발에 전해졌다. 가느다란 손가락으로 발등을 쓰다듬는 것 같은 느낌.

나는 겁이 덜컥 났다. 그래서 발을 끌어당겨 이불 속으로 넣으려 했으나 누군가 강하게 잡고 있기라도 하듯, 발이 끌어당겨지지 않았다.

'뭐, 뭐야… 왜 이래….'

싸늘한 냉기가 확실히 전해져 왔다. 분명히 사람의 다섯 손가락이다.

'그렇다면?'

나는 겁이 와락 났으나 이번에는 눈을 떠 주변을 살필 용기가 없었다.

그냥 이불 속에서 떨면서 내 발 놔줘! 하고 속으로 부르 짖고 있었을 뿐.

얼마나 시간이 지났을까. 손의 느낌이 사라졌다.

그날 이후, 나는 잘 때는 반드시 발을 이불 속에 집어넣고 잔다. 만약 그때 눈을 떴더라면 무엇을 봤을까? 상상하고 싶지 않다.

도시괴담

지은이/ 도시괴담 연구회
펴낸이/ 강인수
펴낸곳/ 도서출판 **딱정벌레**

초판 1쇄 인쇄/ 2004년 7월 19일
초판 1쇄 발행/ 2004년 7월 23일

등록/ 2001년 6월 25일 (제1-2881호)
주소/ 110-051 서울시 종로구 도렴동 117-1 성완빌딩 501호
전화/ 02-733-8668
팩스/ 02-732-8260
이메일/ papier-pub@hanmail.net

잘못 만들어진 책은 바꾸어 드립니다.
값은 뒷표지에 있습니다.

딱정벌레는 **파피에** 출판사의 division입니다.